ラルーナ文庫

つがいは寝床で愛を夢見る

鳥舟あや

JN103176

三交社

CONTENTS

Illustration

サマミヤアカザ

つがいは寝床で愛を夢見る

本作品はフィクションです。
実際の人物・団体・事件などにはいっさい関係ありません。

【1】

グリウム・クリーニングサービスカンパニー代表、オリエ＝グリウムは仕事中だった。

時刻は深夜、場所はイルミナシティ郊外の森林地帯、オリエの視線の先には売春組織の建物がある。コンクリート打ちの二階建てだ。かつては民家だった廃屋を再利用しているらしく、一見しただけでも隙《すき》が多い。そこかしこから室内の光が漏れ、歩き回る人影が手に取るように分かり、最近流行《はや》りの音楽も漏れ聞こえる。情報屋モリルからの情報通り、若くて金のない連中が小遣い欲しさに見切り発車で始めた商売だというのがよく分かる。

簡単そうに見える仕事だからといって、手を抜くわけではない。今夜の清掃業務の依頼主は、とある未成年者の両親だ。未成年者の名前はミハイル。数ヶ月前に親元から家出したミハイルは悪い連中に捕まり、この売春組織で働かされているらしい。

仕事の手順はいつもと変わらない。オリエは、会社のスタッフと協力してミハイルを救出し、売春組織を清掃する。この場合の清掃は、ミハイルに関連するすべての物事、つまりは建物や映像、ミハイルの将来に不利になるものすべてを隠滅する、という意味だ。

本来、人命の救出は警察や軍隊の職分だが、ミハイルの両親はこの件を公にするつもりはないらしい。私設の救出専門業者へ秘密裏に依頼することも可能だが、現場の清掃業務までは仕事内容に入っていない。そこで言うと、グリウム・クリーニングサービスカンパニーは救出から清掃まで一貫して自社で請け負っている。清掃ついでに、掃除屋らしく悪党の掃除も行うというわけだ。

裕福な家庭の一人息子ミハイルは、救出後、オリエの会社の護衛スタッフと護衛専門業者に守られて、調達屋の用意したチャーター機で実家に戻る手筈《てはず》になっている。今回は、調達屋と護衛業をオプションでプラスするという万全の態勢だ。

「調達屋のチャーター機に、護衛業の送迎付き……、かなり過保護ですね。大金持ちだってことは依頼主の屋敷の住所を見ただけで分かりましたが、それにしても金がかかってませんか？」

「家出した息子にこれだけ金かけて救出するんだ。悪い親じゃねぇんだろ」

オリエとともに下準備の最終確認をしていたスタッフたちがぽろりと漏らす。

「いい親か悪い親かは知らないが、今夜の依頼主は自宅で息子の帰りを待つそうだ。……喋《しゃべ》ってないで準備済ませろ」

オリエは淡々とスタッフを急《せ》かす。

これまでの経験上、大抵の親は子供の居場所が分かると、すこしでも子供の傍《そば》近くにいたいと願った。救出された時に一刻も早く抱きしめたいと考え、一刻も早く無事を確かめたいとオリエたちに同道することを希望した。

だが、ミハイルの両親はそのタイプではないらしい。

数時間前の最終確認の際、電話口の依頼主夫婦は、『オリエ代表、我が家はご存じの通り、お客様が多く出入りなさいますし、ちょっとしたことが命取りになりますの。ミハイルを連れて帰ってくる時は、誰《だれ》にも見られないようにしてくださいましね』『状況によってはミハイルを家に連れてくるな。こちらで病院を指定するからそこへ運ばせろ。以降は、私ではなく秘書へ逐次報告しろ』とオリエに命じた。

家庭はそれぞれ、事情もそれぞれ、いろんな家がある。オリエはそれ以上深く考えず、依頼主の希望通りに仕事を完遂することにした。

『代表、ちょっとまずいことが発生しました』

スタッフのジュリオから無線連絡が入った。救出対象が捕まっている建物の裏で待機していたチームの一人だ。

「オリエだ。どうした？」

『……それが……、なぜか東雲《しののめ》の連中が来てまして……』

「すぐに行く。待機していろ。……ルクレツィア、ここは任せた」

「了解」

鰐《わに》獣人のスタッフに指揮を任せてオリエは建物の裏へ回る。

十分ほどの距離を物音を立てず迂回《うかい》すると、木立の密集した一角に困り顔の自社スタッフと、オリエの会社とは異なる集団がいた。

オリエの会社も、その集団も、全身灰色のよく似た装備で、枯れ枝の森林地帯に紛れこむための服装だが、社章と腕章だけは異なるので、違う会社だと判別できる。

「東雲総合環境整備保障、なんでお前らがここにいる？」

オリエは集団のなかで抜きん出て大きな狼《おおかみ》獣人へ詰め寄った。

「これはこれは……グリウム・クリーニングサービスカンパニー、そちらこそどうしてここに？」

美しい夕焼け色の狼獣人が慇懃《いんぎん》無礼《ぶれい》な態度でオリエを見下ろした。

オリエの身長が一八七センチあってもなお高い二メートル三〇センチの狼は、ご機嫌斜めの子供をあやすように夕日色の尻尾《しっぽ》をわざとらしく揺らし、オリエを挑発する。

このオス狼が、東雲総合環境整備保障の社長トキジだ。オリエの商売敵で、いけ好かないライバル会社の社長で、図体だけはデカい狼だ。

「これはうちの仕事だ。それとも、卑怯《ひきょう》な狼は横入しようって魂胆か？」

「それはこちらのセリフだ。我が社が請け負った仕事の邪魔は遠慮していただきたい」

「帰れ、東雲総合環境整備保障」

「そちらこそお引き取り願おう、グリウム・クリーニングサービスカンパニー」

両者、睨《にら》み合う。

グリウム・クリーニングサービスカンパニーと東雲総合環境整備保障は同業だ。当然、仕事内容もかぶる。滅多にないことだが、時には現場がカチ合うこともあった。

バチバチと火花を散らす二人を差し置き、オリエの会社のジュリオが、顔見知りの東雲の社員と世間話を始めた。

「まぁ……うちも、そちらさんも、社長同士のソリが合わないだけで、別に俺たちは仲が悪いわけじゃないんだよなぁ……」

「そうなんだよなぁ。同業同士、情報交換したり、知り合い紹介したり、仕事の融通利かせられるしなぁ……」

ジュリオが話し始めたのを皮切りに、ほかのスタッフたちも、「うちのボスがまたおたくの社長と争ってるな」「止めろよ、あの二人が殴り合いでも始めたら家に帰るのが遅くなる」と毎度のことに苦笑している。

「おい、ジュリオ、うちと東雲、両方の弁護士に連絡して、今回の契約内容を突き合わせて確認だ」

「ジーノ、カンパニーとうちの契約内容の突き合わせが終わったら、依頼主の弁護士にも連絡をとれ」

両者、睨み合ったまま互いの部下に指示を出す。

さほどの時間をかけずにその場で確認作業が始まり、瞬く間に完了した。

「オリエ代表、契約内容の突き合わせが終わりました。今日のこれはダブルブッキングじゃありません」

「東雲社長、依頼主の弁護士と連絡が取れました。ミハイルの両親が完全な証拠隠滅を求めて、うちとカンパニーの両方に仕事を依頼したそうです」

「ジュリオ、各班に状況の通達。本部の戦術スタッフを呼び出せ、作戦の修正作業に入る。おい、東雲総合環境整備保障、チャンネル開け、作戦会議だ。そっちと回線繋《つな》げるぞ」

契約内容の確認中に考えていた作戦の修正案を手持ちの端末に打ち込んでいたオリエは、そのデータを自社と東雲の両社に送った。

「オリエ代表、東雲と共闘戦線を張るんですか？」

「不本意ながらそうだ。ついでに不可侵条約も結ぶぞ。……本部、応答願います。……先生、夜中にすみません、オリエです。うちと、東雲と、依頼主の弁護士の三者で話してもらって、契約の見直しと報酬関連の折衝をお願いします」

オリエは会話の前半部分を部下の返答に充て、後半部分を本部で待機中の弁護士に向けて話す。

「作戦基盤を再構築する。グリウム・サービスカンパニー、そちらが提供した作戦の修正案にこちらの情報を加味した。データを返送したので確認を」

東雲側も否やはないらしく、情報提供することで協力の姿勢を示した。

両社の現場スタッフと本部スタッフは無線で連絡を取り合い、オリエとトキジの手で修正された作戦を共有し、合同で仕事にとりかかる準備を進める。

「あの、ジュリオさん、すみません、……仲が悪いのに協力するんですか？」

新人のリカルドが、「そういうのって作戦の失敗に繋がりませんか？」と不安げに先輩に尋ねる。

「それが大丈夫なんだよなぁ、うん。そこがオリエ代表と東雲社長のイイとこなんだよ」

古株のジュリオは勝手知ったる様子で深く頷《うなず》く。

オリエとトキジは、互いのことを社名で呼び合い、一度も名前で呼んだことがなく、顔を合わせればケンカ腰だが、互いの仕事の邪魔はしないし、足も引っ張らない。

それは、二人ともが「第一優先は被害者の利益」という信念を持っているからだ。

その信念ゆえに、被害者の利益の守り方で言い合うことこそあれども、己の見栄を優先した愚かな争いはしない。協力したほうが有利であると判断したら、すかさず協力する。

「なんだかんだで馬が合ってんだよ、あの二人は……。それは周りも認めてる。事実、協力作戦で失敗したことは一度もない」

ジュリオの言葉通り、その直後、実行に移された二社合同の作戦は円滑に進んだ。

＊

オリエとトキジは肩で押し合い圧《へ》し合いしながら競うように清掃作業に従事した。

売春組織は小規模で、友人関係にある年若い七名で運営されている。事前調査で、バックに大物がついているとか、元締めが別に存在するとか、背後に大きな組織が隠れているとか、そういう事実関係は上がっていない。

関係者七名を可能なかぎり生きて捕縛し、捕縛後は全員を依頼主の指定した場所へ移送、引き渡すまでが契約となっている。

そのあとは依頼主次第だ。今回のように依頼主が裕福なら、知人の警察幹部や政治家を通して架空の犯罪をでっちあげ、その事件で逮捕したことにして公的に処分するかもしれないし、その筋の人たちに処分を頼んで揉《も》み消すだろう。だが、それはオリエや東雲の会社がどうこう言うことではないので関知しない。

基本的に、カンパニーや東雲の行う清掃作業はすべて依頼主の意向を遵守する。依頼主の気分が変わって処分を求めれば処分するし、保存を望めば保存する。

オリエの会社の売りは、すべてを自社で賄えることだ。専売特許である清掃業務だけではなく、救出業務も、移送作業も、護衛も、殺生も、オリエの会社に依頼すれば一度で済む。

　その特殊性ゆえに、大勢の社員を抱えて会社として成立しているのは数社のみだ。東雲も同じ業務形態で、ライバル会社ではあるが、共喰《ともぐ》いになるほどこの業界は不景気ではないし、オリエもオリエで様々な専門職を雇うことで区別化を図り、生き残っていた。

『オリエ代表、二階で六人目の捕獲対象を確保しました。残り一名は建屋内での発見には至らず。周辺の捜索範囲を広げます』

「了解。保護対象者は発見できたか？」

『いいえ。どこにも見当たりません』

「地階も収穫なしだ。……以下、全員に通達。捕獲対象者は所定の位置に一次保管後、移送作業に入る。清掃班は保護対象者の発見または保護まで待機。以上」

　地階にいたオリエは無線越しに指示を出し、周囲を見回す。

　十分もかからずに建物の制圧は完了した。捕獲対象者は満足な武装もなく、酒と薬物が入っていたこともあって容易に鎮圧できた。ただ、ここで売春を強いられている者は一人も発見できず、保護対象者のミハイルの姿もなかった。

　今夜は清掃業務の最後に建物を爆破解体する。生命体の在不在を確認して回る必要がある。建物の内外ではスタッフがサーモグラフなどを使用して生体反応を探りつつ目視でも確認を怠らない。雇用している獣人や人外の索敵能力や特殊技能を使って生き物の有無を探り、それをクリアすれば解体作業に入ることができる。

『オリエ代表、報告します。捕縛した連中によると、先日まで扱っていた商品を売り払って資金に替え、新しい商品に入れ替えるところだったそうで、現状、ここに保護対象者は存在しないそうです』

「新しい商品か、嫌な言い方だな。……了解、保護対象者の痕跡《こんせき》をすべて保全しろ。俺は外を見て回る」

オリエは地階を出て建物の裏から外に回った。

「エンツォ、預けてたアレ、まだ使ってないだろ。二つともこっちで使うわ」

技術スタッフのエンツォがケーキボックスをオリエに差し出す。

「はいよ、代表」

「おう、ありがとな。戻ってくれ」

オリエはリボンも包装もない紙箱を二つ受け取った。

二十五センチ四方の白い箱で、高さは五センチほど。行きつけの近所のサンドイッチ屋のキッチンカーで売っているアップルパイだ。

鼻の利く獣人の何人かが、「お、アップルパイのにおい」と鼻先をひくんとさせた。

どう考えても売春組織の清掃作業には必要ない代物だが、オリエの会社のスタッフは「代表のいつものご宣託だ」と当たり前の様子だ。それどころか、「おかげさまで今回も仕事がうまくいく」と感謝さえしている。

得体の知れないオリエの行動に誰も動じない。動じているのは新人のリカルド一人だけだ。作戦開始前に、「うちの代表がいきなり突拍子のない物を持ち出したり、薬でもヤってんのかって不審な行動に出ても大丈夫だ、あの人は正常だ」と教えられていても、奇怪なものは奇怪だ。

オリエの近くにいた東雲のスタッフは、「今回はアップルパイか……。前回はA4クリアファイルと電気屋の次回割引クーポンだったな」「これが噂《うわさ》のグリウム・クリーニングサービスカンパニーの謎《なぞ》の装備……」と、オリエのアップルパイがどう役立つのか興味津々だ。

東雲のスタッフが、平然と、それどころか好意的にこの状況を受け止めているのは、過去の合同作業でオリエのこうした奇怪な行動に助けられたことがあるからだ。彼らもまた、オリエが用意した武器や物品は絶対に業務で使う予定があるのだと信じている。

なにより、東雲の社長トキジがオリエのコレを馬鹿にしないということが大きい。彼らは、自分たちのボスが認めることは認めるのだ。

ジュリオがオリエの右手のアップルパイの箱を見て、「今夜は使う場面はなさそうですね」と言うので、「それならそれでいいんだけどな」と笑い、オリエは一人で木立へ入った。

歩いて間もなく、小動物が尻尾を引きずって歩く痕《あと》を発見した。

獣人や人外のスタッフは、匂《にお》いや気配に敏感で、他者の痕跡にも気づきやすいが、本能を頼りにしているせいか、攻撃性がないと判断すると、小動物だと感覚的に勘違いしてしまうことが稀《まれ》にある。

今夜は、どうやらその稀なケースのようだ。

「……っ、と」

尻尾の進む方向を追うと、建物の表側にいたはずのトキジと鉢合わせた。

「ああ、グリウム・サービスカンパニーか」

「東雲かよ。……お前もなにか追ってきたのか？」

「そうだ。表のほうに足跡が二種類あった。一人目、外観は人間、成人男性、靴のサイズは二十九センチ。体重は七十五キロ前後。二人目も外観は人間、成人男性、靴のサイズは三十五センチ。大柄。体重は百キロ程度」

トキジは表側から続いていた足跡を追跡してきたらしい。

「俺は、裏から続いてる尻尾の痕跡を追ってきた。尻尾は一本分。裸足のうえに体重がかなり軽く、足跡がほとんどついていない」

オリエとトキジが鉢合わせた場所で、二種類の足跡と尻尾の痕がひとつに交わり、そこからは二種類の足跡だけが木立の奥へと続いている。

「一つ持っていけ」

「借りは返す」

オリエが差し出したケーキボックスをトキジが受け取る。

この狼のこういう面は本当にありがたい。オリエの突拍子もない行動を嗤《わら》わず、茶化さず、あるがままに認める。ただそれだけのことだが、仕事が円滑に進む。

獣人と人外と人間。オリエとトキジの会社は、この世に存在する三種の生き物で構成されている。会社という名の群れを率いるトキジがオリエに対して侮った態度をとれば、トキジの会社の社員もオリエを侮り、時にはオリエの会社のスタッフすらもオリエを侮り、結果として仕事に支障が出る。

その場合、オリエはまず、己もまた群れのボスであることを内外に知らしめ、力を誇示する徒労を行わねばならない。強者ばかりの群れでオリエが優位性を誇るのは手間だ。できないことはないが、疲れる。

それでなくとも、清掃業というのは、仕事柄、体力と身体能力に優れた屈強な獣人が就くもので、就職や転職の際にも、獣人が有利な仕事とされている。事実、オリエの会社も実働部隊の大半が獣人だ。

オリエは人外と人間の混血だが、見た目も身体能力もほぼ人間だ。客に対しても、部下に対しても、同業者に対しても、見た目で得られる説得力が少ない。ちょっとした人外の特殊能力があるのでこの仕事にも適性があったが、現場の屈強な獣人たちに比べれば腕力も筋力も劣る。

癪《しゃく》に障るが、そうした短所があったうえで、トキジだけは初対面からオリエの仕事を認めて、対等な仕事相手として接してきた。そのおかげで、トキジの会社の社員たちもオリエを認めてくれて友好的な関係を築けている。それもこれも、トキジが自社内において支柱的存在であり、群れの仲間たちから信頼されているからこそだ。

それには感謝している。

感謝しているが……。

「グリウム・クリーニングサービスカンパニー、その華奢《きゃしゃ》な脚で頑張って走れよ」

「東雲総合環境整備保障、お前が鈍足なのは知ってるが、遅れはとるなよ」

やっぱり、ソリは合わなかった。

二人して、「アップルパイを片手に拳銃を構えるハメになるとはな」「うっせぇ、使わなかったら食っていいから黙ってろ」と軽口を叩《たた》き合いながら歩いて間もなく、体重百キロ越えの大男の背中に追いついた。その半歩ほど前をミハイルらしき青年が急ぎ足で歩いている。

オリエとトキジは互いに視線で頷き合い、ミハイルの両親から渡された写真のミハイルと同一人物であることを確認しあう。

右の小脇《こわき》に尻尾のある子供を抱えた大男は、左手に小銃を携えている。売春組織の最後の一人か、買春目当ての客か、抱えている子供を売りにきた業者か、子供の親か……。

オリエとトキジは、ごく小さな声で、保護対象者と敵性対象者の発見を無線連絡し、今後の指示を出し、示し合わせるでもなく無言で左右に分かれた。

狼獣人の特性を活かして、トキジはアップルパイを片手に俊敏に動くと、瞬く間に大男と距離を詰め、左手の小銃を蹴落《けお》とした。大男がトキジに気を取られた刹那《せつな》、抱えられた子供が地に落ちる寸前でオリエが抱きとめ、ミハイルを背後に庇《かば》う。それと同時にトキジが大男の膝《ひざ》関節を狙《ねら》って体勢を崩し、地に跪《ひざまず》かせた。

「ミハイルだな？　た……っ」

助けにきた、と伝えようとしたオリエが背後を見やると、ミハイルが叫びながら隠し持っていた銃を発砲した。

「……トキジ！」

オリエはトキジに流れ弾の危険を報《しら》せた。

錯乱しているのか、ミハイルは、「僕は悪くない！　僕は悪くない！」と叫び、明後日《あさって》の方向に発砲を続ける。至近距離にいたオリエはアップルパイの紙箱ごと子供を懐に抱いて庇う。

「わぁあ!!」

近距離でも狙いを定められないミハイルは、オリエの頭部を銃底で殴り、飛び散った血でさらに悲鳴を上げ、再び銃を連射し始める。

オリエはこめかみのあたりに火傷《やけど》に似た熱さを感じながらも、己の回避は諦《あきら》めて子供の安全を優先し、体の陰に子供を隠す。

「オリエ！」

全速力のトキジが迷いなくオリエのもとに直進したかと思うと、オリエの腰に腕を回して子供ごと片腕で抱き上げ、懐に抱え、己の背を銃弾の盾代わりに使い、走った。

それなりの身長と体重がある成人男性と子供の二人を物ともせず抱えて走り、ミハイルから一定の距離をとると木立の陰に身を隠す。

オリエとトキジは可能なかぎり身を小さく、ミハイルの銃弾が尽きるのを待った。射撃の腕前は素人らしく、オリエのこめかみを掠《かす》った一発以外はでたらめな方向に飛んでいる。

「……おい、しのの、め……、っ」

狼の腕のなかで身じろぎ、顔を上げた瞬間、トキジの唇にオリエの唇が触れた。

「なんだ？　グリウム・サービスカンパニー」

「なんだじゃない。回避しろって教えてやったんだから逃げろよ。なんでまっすぐ俺のとこに走ってくるんだよ！」

ミハイルに居所を知られないようにオリエは小声で怒鳴る。

トキジはしらっとした顔でオリエのこめかみと頭部の傷を確認しながら、「眼球の近くをやられたな。おとなしくしていろ」と己の手指が汚れるのも厭《いと》わず傷口を押さえて止血し、続けて、「こう言っちゃなんだが、このアップルパイの使い時が分からない。手が塞《ふさ》がって敵《かな》わん」と笑った。

「俺だってアップルパイが邪魔だ。でも、記憶だともうすぐ必要になるから黙って持ってろ……って、ちがう、いまその話じゃない。なんでお前はそういつも俺の親切を無下にするんだ！」

オリエとトキジは、双方の胸の間に子供とアップルパイ二箱を挟んで鼻先のくっつく距離で言い合う。

トキジはいつもこうだ。ここぞという時に颯爽《さっそう》と現場を駆け抜け、オリエのフォローに入る。

「グリウムの……、お前の、その自分の命を顧みないやり方はやめろと俺は散々注意してきたはずだ。向こう見ずは強さではない」

「さっきの状況なら最善だ。優先されるべきは……」

「弱者の命だ。だが、お前の命も大切だ。お前が過去に俺や俺の部下の命を助けたように、俺たちは共闘戦線を張った仲間だ。だから俺はお前のもとへ走った」

「…………」

トキジとは、過去に何度も助け合ったことがある。

オリエはトキジの実力を認めているし、同業として尊敬するべきところもある。

だが……、だがしかし……。

「同じ現場で同業者に死なれたら寝覚めが悪いからな」

トキジは片頬《かたほお》を持ち上げ、はっ、と人の悪い顔で笑う。

「言い方！　その言い方本当に腹が立つ！　こっちだって同じ気持ちでいつも注意喚起してやってんだよ！」

「嚙《か》みつくな、仔犬《こいぬ》」

「……この野郎」

その鼻っ柱、本当に嚙んでやろうか。そう思って背伸びしようとしたオリエがふと視線を下ろすと、二人の間の子供が泣きそうな顔をしていた。

トキジの胸板と鬣《たてがみ》に右頬を埋もれさせ、オリエの鎖骨あたりに左の頬をぎゅうぎゅうに押し潰《つぶ》された子供がぷるぷる震えている。オリエが、「大丈夫だ。助けるから安心しろ」と努めて優しく声をかけ、トキジが、「どこか痛いところはないか？」とやわらかな声とともに微笑《ほほえ》みかけると、よりいっそう震えた。

なにせ、顔だけは美人のくせにヤンキーみたいにガラの悪いオリエと、目つきの鋭い二メートル超えの獰猛《どうもう》な狼だ。三つや四つ程度の小さな子供には、山のように大きな悪党二

人組に見えるだろう。子供の尻《しり》から生えた、つやっとした爬虫類《はちゅうるい》の尻尾までぷるぷる震えている。

泣き叫ぶかに思われた子供だったが、オリエとトキジの間でかろうじて原型を留《とど》めている紙箱を小さな手で抱きしめると、「……あっぷるぱい……」と呟《つぶや》いた。

匂いにつられて油断したのか、二人の懐にくったりと体重を預けた子供はアップルパイの紙箱に釘付《くぎづ》けになる。

「なぁ、ちょっとだけ大きい声で喋るけど、大丈夫だからな？」

銃撃が止《や》んだ。

オリエはアップルパイしか見ていない子供に声をかける。

「ミハイル！　私は東雲総合環境整備保障のシノノメ＝トキジだ。もう一人は……」

「グリウム・クリーニングサービスカンパニーのオリエ＝グリウムです！　ミハイル、我々はあなたのご両親に依頼されてあなたの救出にきました！」

木陰から様子を窺《うかが》うと、ミハイルは弾倉が空になった銃を握って地面に座り込み、放心している。

「俺が保護する。お前は子供の安全優先で。ミハイルの周囲三メートルは、うちとお前のスタッフで包囲完了している」

オリエとトキジの指示通り、両社スタッフはＧＰＳで二人の現在地を特定し、ミハイルの保護をバックアップできる位置で待機完了している。

トキジが木陰を出た。

オリエはアップルパイの紙箱を抱きしめた子供を片腕に抱き、もう片方の手で銃を構えてトキジのフォローに入る。

ふいに、額がひやりと冷たくなったので何事かと思うと、子供が心配そうに自分の尻尾でオリエの額の血を拭《ぬぐ》っていた。

「やさしいな。……だいじょうぶだからな、ありがとうな」

トキジには見せない笑い顔で、朗らかに笑う。

オリエが笑顔を見せると、子供が尻尾でぎゅうとオリエに抱きつくから、オリエもそれに応《こた》えるように力強く抱きしめ返した。

「保護対象者、確保」

トキジの声が無線で全員に通達される。

フォローやバックアップの必要はなく、ミハイルはおとなしく保護された。

オリエが肩で息を吐き、木陰から出ると、オリエの手を引くように子供が尻尾を巻きつけてトキジのところへ行きたいと訴えた。

「どうした？　二人とも」

オリエがトキジのもとへ歩み寄ると、子供がアップルパイにこくんと喉《のど》を鳴らす。

「食べていいぞ」

オリエが言うと子供は頷き、続けてトキジのほうを見やる。

「ああ、アップルパイの紙箱から俺の匂いがするから、俺の許可も必要だと思ったんだな？」

「…………」

トキジの言葉に、子供はもう一度ゆっくり頷く。

「両方とも君のアップルパイだ。食べてくれ」

「そうだ、ほら、食え食え」

トキジが紙箱を開いて箱を持ってやると、オリエの腕に抱かれたまま、子供はアップルパイに顔を埋《うず》めるようにして食べ始めた。

爬虫類の尻尾を持つ生き物は警戒心が強く、他人に懐かないことが多いが、この子はアップルパイが大好物だったらしく、暴れることも取り乱すこともない。

「腹が空《す》いてたから二つ必要だったんだな……」

一心不乱にアップルパイを貪《むさぼ》る子供は、瞬く間に二つとも食べきった。

【2】


二つの会社から同時に清掃された売春組織は混乱を極めた。組織の一人が逃走に必死になるあまり、机に放置した拳銃をミハイルが隠し持っていたらしい。

商品入れ替えの最中だったという売春組織側の言葉の通り、組織内外を徹底的に清掃してもミハイルとアップルパイ好きの子供以外の発見には至らなかった。

頭部に怪我《けが》をしたオリエは懇意にしている病院で検査入院した。

オリエ本人は入院せず治療だけ受けて夜のうちに帰ろうとしたが、自社スタッフとトキジの両方から、「一晩様子を見ろ、残務処理は両社のスタッフで充分行える。ただでさえお前は稀少《きしょう》な人外の一族なんだ。用心しろ」と強めに言われて、不承不承、一泊することになった。

皆、端的に「人外の一族は稀少だから」という言い方をするが、それはつまり、稀少な一族は怪我や病気の症例が少なく、なにかあった時に対処が遅れるとこわい、万が一の際は懇意にしている病院なら話が早いしすぐに治療を開始できる、という意味だ。

親身な気遣いが伝わってくるからこそ、オリエは病院の世話になった。

それに、同じ病院に入院しているアップルパイ好きの子供の付き添いも兼ねていた。親や兄弟が傍にいないいま、傍にいてやれるのはオリエくらいのものだ。

早朝、オリエは三十分程度の仮眠で目を醒《さ》ました。

まだ午前六時過ぎだ。

昨夜《ゆうべ》はオリエの裁可が必要な残務処理を行い、深夜四時半過ぎに病院へ来て、傷の縫合や簡単な検査などを受けつつ電話で部下に指示を出していたが、「怪我人はおとなしく！」と医者と看護師に叱《しか》られ、五時半頃に病室へ案内された。

体質的に、生まれた時から短時間の睡眠が癖になっているというのもあるが、単に、子供の様子が気になって目が醒めたというのもある。

オリエは同じ病室の隣のベッドのカーテンをすこし開き、子供の寝顔を見やる。個室に仮眠用ベッドをひとつ入れてもらって、オリエはそこで休み、広いベッドで子供を寝かせている。

警察と児童保護局には連絡済みだ。今日の午前中には警察官二名と児童保護局、福祉施設、役所の職員などが来て、この子供に聞き取りを行う。可能なかぎりオリエとトキジの両方と、双方の弁護士も同席する予定だ。

カンパニーと東雲は、役所や警察組織とは良好な関係を築いていて、上層部とも顔見知りが多い。子供を保護した事情を深く突っ込まれることなく、子供の氏素性の確認などで協力を仰ぐことができる。

契約にもよるが、清掃業者は、基本的にすべての証拠の処理を依頼主の判断に委《ゆだ》ねる。ただし、今回の場合、ミハイル以外の被害者がいた場合、すべて清掃業側で保護、その後も清掃業側に一任するという契約を結んでいたので、この子はこちらで保護することができたし、関係各所への連絡も円滑に行えた。

依頼主も、ミハイル以外の被害者を引き渡されたところで扱いに困るので清掃業者に事後処理を任せた、というところだろう。

解体した建物の建材などは解体物の回収業者に委ねたし、回収した証拠や情報、データは昨夜のうちに依頼主に手渡し済みだ。オリエとトキジの会社はその時点で回収物を破棄する契約を結んでいるので破棄した。

ただし、依頼主側に訴訟を起こされた場合や、刑事事件に発展した場合、なんらかの問題が生じた時のために、仕事中は全スタッフが小型カメラを装備し、録画録音しているので、それらのデータの破棄だけは不可という条件で仕事を請け負っている。

昨夜のうちに護衛業者と自社スタッフから「ミハイルを無事親元に届けた」と連絡があったし、ミハイルの両親や代理人、弁護士からもクレームなどは来ていない。

残るは、この子供の処遇だけだ。

「…………」

睡眠が足りないせいか頭痛の酷《ひど》いこめかみを揉んで、目頭を指で押さえる。

そこでようやく「ああ、昨日の怪我のせいもあるのか」と自分のこめかみの傷を思い出す。銃底で殴られたあとに、ミハイルが連射した弾丸が掠ったらしい。傷口は止血され、縫合テープが貼《は》られている。出血量のわりに軽傷だが、見た目だけは派手に重傷だ。鬱血《うっけつ》した眼球周辺が青黒く変色し、腫《は》れのせいで右の視界がすこし見にくい。

オリエは深呼吸してからゆっくりと立ち上がり、子供の枕元《まくらもと》まで歩み寄る。

子供は昏々《こんこん》と眠っている。医師の診断によると、栄養状態が悪く、成長曲線よりも身長と体重が下回るものの、恒常的な虐待の痕跡はなく、病気も見つからず、怪我もない。あの売春施設に売られて間もなかったのか、客を取らされたり、施設の誰かに味見をされたりした形跡もなかった。その点だけは救いかもしれない。

年齢は三歳から四歳。身長は七十センチほど。尻尾は長く、真珠色をしていて、爬虫類の鱗《うろこ》がある。発見時にこの子の尻尾を見ただけで人外の血が入っていると分かったが、瞳《ひとみ》や髪も同様だった。この子の瞳と髪は、日没の時、昼と夜の境目に見える夕日に古代紫が混じった色をしている。やわらかな褐色の肌をしていて、触れるとオリエと同程度の体温の低さだった。種族的な特徴として、オリエも体温が低いほうだから、種類が近いのかもしれない。

一般的に、世間であまり見かけない髪や瞳の色、耳や尻尾、特殊能力、基礎体温の異常な高低などは、人外か否かを判断する材料になる。それはオリエにも適用されて、オリエは、レモンカラーのプラチナブロンドにピーコックグリーンの瞳をしていて、体温が低い。

この子がどういった環境で育ったのかは分からないが、あまり良い環境でなかったのは確かだ。発見時は大人用の古着のTシャツを着ているだけだったのでオリエの上着を着せて、さらに毛布で包《くる》んで病院まで運んだ。

余談だが、なぜか「見ているこっちが寒い」とトキジが自分の上着をオリエに投げて寄越したから、ありがたく使い倒してやることにして、オリエが先ほどまで休んでいた仮眠ベッドの下敷きにして寝てやった。

「いつ目を醒ましても大丈夫だから、安心していいぞ」

眠る子に話しかける。

目がでっかくて、尻尾がびたびた動いて、お人形さんみたいにかわいい顔をしていた。一所懸命にアップルパイを頬張って、パイ屑《くず》まみれになった頬は愛らしかったが、もっとしっかり肉をつけたほうがいいとも思った。

「起きたら、なんかうまいもんでも食おうな」

真新しい朝陽がブラインドの隙間から差し込む。

子供を助けられても、ちっとも嬉《うれ》しくない。悔しさばかりが募る。奥歯を噛みしめ、拳《こぶし》を握り、無力な自分に苛立《いらだ》つように、眩《まぶ》しい朝陽にすら苛立ちを覚える。仕事を終えた翌日の朝は、いつもこんな気持ちだ。

扉がノックされて、トキジの低い声で「起きているか」と静かに問いかけられた。

「起きてる。入っていいぞ」

答えると、トキジが物音を立てず入室した。

昨夜の残務処理を終えてそのまま病院へ来たらしく、社名入りのジャケットの下にＹシャツとミリタリーズボン、コンバットブーツというちぐはぐな格好だ。

そのちぐはぐを男前に着こなせるのがこの狼獣人のムカつくところでもある。高身長で筋骨隆々、毛並みが豊かで色艶《いろつや》も美しく、そのうえ顔面が色男ともくれば大抵の格好は自分のものになってしまうのだろう。

「伊達《だて》男め」

「……なんだ、唐突に……朝からケンカを売ってくるな」

「なんでもない。お前こそ朝早くからなにしに来た？」

「その子の様子見と、付き添いを代わりに来た」

「子供のほうは別状ない。まだよく眠ってる」

「そうか。お前は一度家に帰って休め。顔の怪我は……えらく腫れたな」

「問題ない。俺が家に帰るのは後回しだ。先に医者と話して、そのあと会社に顔を出して今後の調整して、お前のところにも連絡を入れる。依頼主から連絡はあったか？」

「いまのところない」

「この子供の状況だけど……」

「それなら、いましがたこの子を診察した当直医と昨夜の看護師に話が聞けた」

「なら、話は早い。この子には身元が分かるものがなにもなかったから、午前中に児童保護局から保護官が来て、面談する予定だ」

「ミハイルを依頼主のもとへ運ぶ道中で、改めてうちとそちらのスタッフが売春組織の連中から聞き取りをしたが、子供は人身売買組織から購入したそうだ。人身売買組織からは、両親は末期の薬物中毒者で金欲しさに子供を売った、既に死亡しているだろう、と聞かされていたらしい」

「じゃあやっぱり保護局だな……」

　この後、子供は保護局で保護され、行政の力を頼って親の生死を含めた捜索を行いつつ、見つからなかった場合は児童養護施設などへ行くことになる。以降の身の振り方は児童の意志と児童保護局によって決められる。子供を保護した時はいつもその手順だ。

　オリエはガシガシと後ろ頭を掻《か》いて納得のいかない気持ちを指先に籠《こ》める。子供絡みになると、いつもこんな後味だ。もやもやして、すっきり晴れ渡ることがない。

「あー……無力だ……なんでこんなになにもできないんだ……」

思わず声に出てしまった。オリエは手の甲で自分の唇を押さえて、「しまった」と内心で舌打つ。同業他社の前でどうにもならない愚痴を吐いてしまった。

ちらりと左隣を見上げると、大きな狼耳はオリエの吐露を聞き漏らさなかったらしく、オリエを見下ろすトキジの視線と視線が絡んでしまった。視線を外すと負けたような気がして目を逸《そ》らさず、「なんだよ」と眉根《まゆね》を寄せて睨み上げる。

「お前は子供を助けるたびに眉を寄せて悩む顔をするなぁ……」

トキジは苦笑した。

オリエとトキジの会社は、主に未成年者を守るために設立された。今回のように子供の将来にかかわる物事の清掃も、リベンジポルノの画像をできるかぎり削除する清掃も、子供を人身売買組織に売るような最低の親の清掃も、子供の利益になるなら断らない。

そうして子供を守り、今回のように助けたとしても、オリエはいつも子供の未来を憂いては歯痒《はがゆ》さを痛感し、表情を歪《ゆが》める。そのせいか、オリエが子供を助けて喜んだり、笑ったりする顔をトキジは一度も見たことがなかった。仕事で鉢合わせる以外で接点もないせいか、トキジが思い出すオリエはいつも難しい顔をしている。

性格上、ソリは合わないかもしれないが、それでも、トキジはオリエのそういうまっすぐな気質や守るべき者を思う心、自分の家族のように胸を痛める姿、自分の怪我よりも誰かを気遣う優しさと強さには敬服するものがあった。同業者としてこれほど信頼がおける者はそういない。

「俺が助けたのに、結局は行政に頼ってる。中途半端に放り出した気がして申し訳なくなってくる」

「助けた子供の行く末を見守る専門部署を社内に作って、そのためだけに人を雇っているだけでも充分だと思うが……」

「足りない」

「これまでに助けたすべての子供のキーパーソン役を担い、定期的に送られてくる報告書を読み、自分でも施設に足を運び、子供から手紙やメールが来れば返し、時季や状況に応じて寄付をして、子供たちを自社施設に招いてパーティーも開いている。保護局や孤児院の里親探しにも協力的だ。そのうえまださらに……と考えるとは……。欲張りもほどほどにしておけ」

「欲張りで悪かったな」

「悪く捉《とら》えるな。ただ……」

ただ、あまり無理をするとただでさえ薄っぺらいその体がもっと薄くなって、終《しま》いには倒れてしまうぞ、とガラにもなく心配を口にしそうになってトキジは黙った。

トキジが心配する程度のことは、オリエは自分で理解して調整しているからだ。

「そもそも、採算度外視でお前も俺と同じことしてんのに、俺だけ欲張りってのもおかしいだろ。俺が欲張りならそっちは強欲の化身だ」

オリエはトキジの裏腿《うらもも》を軽く蹴って茶化す。

狼獣人はそれくらいじゃビクともしないし、なんなら蹴ったオリエの足の甲のほうが痛いが、朝早くから商売敵と話すうちに無力感に苛《さいな》まれていた気持ちがすこし薄れたのも確かで、今朝はちょっと朝陽が心地好く思えた。

＊

職場に顔を出して雑務をこなし、スラムの自宅でシャワーと着替えを済ませて職場にトンボ返りを予定していたはずのオリエだが、なぜか実家にいた。

仕事で負傷したことを聞きつけた過保護で過干渉な家族によって強制的に実家に連れ戻されたのだ。

実家の敷居を跨《また》ぐのは、実に、オリエが独立してから初めてだ。

実家はイルミナシティ新市街地でもさらに特別な地区に居を構えている。敷地内には母屋と二つの離宮と温室、庭園、使用人の居住区がある程度だが、とにかく趣がなかった。内観も外観もごてごてと装飾されていて、ゴシックなのかロココなのか分からないが目につく範囲すべてがうるさい。歴代の主人が欲しいがままに蒐集《しゅうしゅう》し、飾りたいがままに飾り立てた結果、ひとつひとつは荘厳華麗なのに足し算ばかりで引き算の美学が一切存在しない敷地に仕上がった。端的に言えばひどく趣味が悪かった。

オリエは自室の寝床で強制的に療養させられていた。

家を出て四年も経つのに自室のある区画には埃《ほこり》ひとつなく、最後に出ていった時のままペンの位置すら変わらず完璧《かんぺき》な状態で保存されている。そうしたあたりに家族の度が過ぎた執着を感じるが、オリエの居場所をずっと無くさずに置いておこうとしてくれる気持ちはありがたかったし、そもそも部屋数が膨大に余っているので一部屋くらいどうということはないのだろう、という気持ちもあった。

物心ついた頃には既にあてがわれていた自室ではあるが、オリエの趣味からはかけ離れていて、オリエの年齢よりも長くそこに居座っている調度品と装飾品が圧倒的な存在感を放っている。アールデコ寄りのモダンな雰囲気が好きなオリエは、自分の部屋とはいえ、この家で暮らしていた時からここで落ち着いたことはなく、いまも一刻も早く自宅に帰りたかった。特に寝室は自宅のほうが落ち着く。枕が変わると余計に眠れない。

それになにより、この家にいることで気疲れした。

ほんのすこし前、オリエが脱走を試みた瞬間、「監視カメラを設置してあるんだろうな……」というタイミングで長兄が説教しにきた。

「オリエ、今日はおにいちゃんとちゃんとお話をしよう」

「二十一歳に話しかける言葉遣いじゃねぇだろ……」

「いいから座りなさい。おにいちゃんのお話を聞かないと絶対にこの家から出さないよ」

長兄サテエカの声音に本気を感じてオリエは面倒ながらも席に着いた。

サテエカとオリエは二十歳近く年が離れている。サテエカは二十年近く一族の惣領《そうりょう》を務めており、本業は占い師だ。というよりも、オリエの実家の家業が占術だ。一族の主だった者は皆、占い師をしている。顧客は国内外の政治家や軍人、権力者、商人、王室、個人、様々で、いつの時代も商売繁盛だった。

オリエの実家は、青虎《せいこ》族のルペルクス家、灰狼《かいろう》族のアウィアリウス家、雪獅子《ゆきじし》族のイェン家などと肩を並べるウェルム国で五本の指に入る一族だ。虎と狼と獅子の三家は獣人の家柄だが、オリエの実家は人外の家柄だ。超のつく富裕層、そのなかでも厳選された特権階級であることは間違いないが、人外かつ占い家業かつ特殊な家柄という事情もあり、ウェルム国の五大家で最も異質とされている。

眼前のサテエカは、人外特有の美しい色味の髪と瞳、容貌《ようぼう》を持ち、白皙《はくせき》の肌には、蛇のような、竜のような、ウスバカゲロウの羽のような鱗が透けて見える。オリエだけは母親が異なり、早逝したその母が人間だったので、見た目も能力もほとんど人間と変わりない。たまに変な夢を見て、仕事先にアップルパイを持っていく程度だ。

先代惣領の愛人だった人間の女が産んだ末っ子オリエは十八番目で、十七人の兄姉たちから一方的に可愛がられ、同時に、大切に育てられた。

十七人の兄姉とオリエの父親は同一人物だ。既に父親は故人だが、一族で最も家族に対して過保護かつ過干渉な人物でもあった。先祖代々そういう性質の者が大半だったらしいから、兄姉もそういう生き物なのだとオリエも納得している。

ただ、父親は、オリエに対してのみ、その傾向を強めた。並々ならぬ執着を抱き、偏愛し、支配的に振る舞い、自分の所有物のように扱った。オリエの持つ特殊能力は、利用法によっては莫大《ばくだい》な利益を生み出し、一族の権力の拡大強調が可能になるからだ。

同時に、末子のオリエに自分の後を継がせ、一族のトップに据えようと考えていた。父親のその行き過ぎた行動の結果、オリエは身の危険を感じ、兄姉に頼んで、早くから実家を出られるよう取り計らってもらった経緯がある。

オリエへの執着で手がつけられなくなった父親は、オリエを溺愛《できあい》する兄姉によって粛清されている。当然のことながら、五大家ゆえにか、肉親を手にかけたにもかかわらず、誰一人として罪に問われていない。もちろん、世間にもこの話は広まっていない。

実に血腥《ちなまぐさ》い一族だ。

「お前の占いの才能を巡って、第二、第三の父親のような輩《やから》が現れてもおかしくはない。一族内で再び争いを起こさないために、早々に実家を出たんだろう？　お前一人が孤独でさみしい思いをする必要はないのに身を引いて……、なんて家族思いの良い子なんだ……。

おにいちゃんは、おにいちゃんは……そんなお前がだいすきだよ……」

「俺は身軽で自由なのが好きなだけだよ」

オリエはいつもそう答えた。

サテエカはオリエの行動を良い方向に解釈してくれるが、そんな大したものではないし、当時十代のオリエにしてみれば、いちいち泣く三十代の兄が鬱陶《うっとう》しかった。

オリエの自由を守るために手を汚してくれた兄姉が、親族や関係者と争う姿を見たくなかったと言えば嘘《うそ》ではないが、オリエには実家そのものが重すぎた。

実家の趣味が悪いのも家を出た理由のひとつだが、それを言えば歴史ある建物をどこかへ移設して、更地にして新しい家屋敷を立てて家財道具を一新する兄姉たちなので、そこは沈黙している。

結局、オリエは七歳で寄宿学校に入り、十五歳で大学院を卒業し、実家へは帰らず一人暮らしを始め、学生時分の副業と独立後の自営業で小金を稼ぎ、清掃業の会社を興した。

兄姉がオリエの行動や普段の生活、仕事に口を出さない代わりに、オリエはウェルム国に住むという条件を承諾している。国外に出ても、国内に住んでも、兄姉に動向をすべて把握されることからは逃れられない。いざオリエのこととなったら手段を選ばない兄姉の激情を知っているから、それならばこの国で自分にできることを選んだ。

兄姉たちは愛情の押し売りが強引だ。彼ら彼女らの声や表情に本気を感じた時は、オリエは誤魔化《ごまか》したり逃げたりせずに話を聞き、その上で自分の意見を通す努力をしてきた。

だから、今日もいちおう実家に戻っておとなしくしている。

そして、いつものように、兄姉たちと話し合って、双方が納得できる落としどころを見つける。それぐらいはどこの家族でもしていることだ。

「オリエ、座りなさい」

「もう座ってる」

「ちがう、おにいちゃんの隣に座りなさい」

「やだよ」

なんで四十路《よそじ》の兄貴の隣に座らなきゃならないんだ。

オリエはソファの背凭《せもた》れにわざとらしく凭れかかり、兄の淹《い》れた紅茶を飲む。

屋敷には大勢の使用人がいるが、なぜか兄姉はオリエに紅茶を淹れたり、世話を焼くことを喜びとしている。

「そんなふうに乱暴に凭れかかって頭の傷が開いたらどうするんだ。そうっと凭れなさい、そうっと。……それとも、横になるかい？　そうだね、そうしよう。さ、オリエ、おにいちゃんがだっこしてあげるから寝室へ行こう」

「いいから、本題。説教ならいやだ」

「お説教じゃないさ。今日はおにいちゃん、良い話を持ってきたんだ」

「……イイ話？」

「オリエ、お前、結婚しなさい」

「…………ぜんぜんイイ話じゃないじゃん」

オリエは項垂《うなだ》れてわざとらしく携帯端末を弄《いじ》り、「俺は仕事がしたい」とアピールする。

「伴侶《はんりょ》を得て、落ち着きを持ちなさい」

「伴侶を得てない人でも落ち着いてる人はいるし、伴侶を得ても落ち着かない人は落ち着かない」

「そうかもしれないが、お前の場合は伴侶を得たほうが落ち着くはずだ」

「なんで？」

「今回、大きな怪我をしただろう？」

「初めてのことじゃない。にいちゃんもそんなこと知ってるだろ」

「だからだよ。度重なる怪我にそろそろ耐えられないんだ。私を筆頭に、下の兄姉も心配のあまり取り乱す者もいる始末だ」

「……心配かけてごめん」

「お前は本当にいい子だね。いつも皆のことを気にかけて、一所懸命だ。だからこそ、こちらも本気でお前に身を固めさせるつもりでいる。まずはお前の気持ちの確認からだ。今現在、好きな子や、お付き合いしている人、結婚の約束をしている相手なんかはいるかい？」

「いない」

「誰でも、どの性別でも、どの種類でも構わないよ。我々の父親みたいな男でなければ」

　この世界では、人間、獣人、人外の三種が共存している。

　性別は男女の枠では収まらなくなり、結婚ともなれば、その組み合わせは星の数ほど存在し、同性間、異種間などはよくあることだ。結婚は、相性と本人たちの意志次第で、今時、性別や種族に拘《こだわ》る人は少ない。サテエカもそうした考えの持ち主で、同時に、それが兄姉の総意でもあった。

「オリエ、決まった人がいないならお見合いをしなさい」

「古風な……」

「大昔からお前には許婚《いいなずけ》がいるんだよ」

「初耳。一度も聞いたことない」

「一度だけ言ったことがあるよ。お前が一人暮らしを始める十七歳の時に」

　オリエは、一人暮らしする部屋をスラムで見つけてきた。その部屋を契約したと伝えた際、サテエカたち兄姉は、「では、知り合いの家から護衛に一人もらおう。お前には許婚がいるからね。護衛として一緒に生活して、気に入ればその人をお婿さんにすればいい」と提案し、オリエが「絶対いや。それ一人暮らしじゃねぇし」と拒絶した過去がある。

「覚えてない」

「覚えてなくても構わないよ。私たちは可愛いお前の言動のすべてを記憶しているだけだから」

「……………うん、ぜんぶ録画録音してるもんな……」

「オリエはそのあたり諦めが早いというか、受け入れるのが早かったよね」

「だって絶対に味方だって分かってるしさ」

昔から兄姉はオリエのためにいろいろと考えて動いてくれている。

行き過ぎた干渉をオリエが嫌がっていることも承知のうえで、それでもなお「オリエに恨まれて嫌われても憎まれてもオリエの幸せになることを実行する」という覚悟が窺えた。なんだかんだで、オリエもこの十七人の兄姉が憎めないから、両者の感情がそこそこ納得のいく落としどころを見つけて、家族としての付き合いを続けているのだ。

「にいちゃん、調達屋のウェイデって知ってる？　そいつ、イェン家の出身なんだけど、そこの実家も、そいつ自身も、にいちゃんやねえちゃんたちと同じで特定の人物に対して異様に過保護なんだって」

「知ってるもなにも友達だよ、イェン家のウェイデとは。気が合うんだ」

「……うん、そんな気がしてた。まぁいいや、とりあえず、にいちゃんたちの考えは分かった」

これまで、兄姉がお見合いや結婚を強要したことはなかったし、十七歳の時の一度を除いて許婚の存在を強調したこともなかったが、このたび考えが変わったのだろう。

「それにね、私たちの占いでも出たんだよ。許婚と一緒になるのがオリエにとって最も安全、と」

「十七人全員同じ結果になったのか？」

「そうだよ。これだけは、いつ何時、何年かけて、何人で何度占っても同じ結果になる。そして、お前がこの話に難色を示すことも分かっている」

「俺が拒否するって結果も占いか？」

「いいや、おにいちゃんとおねえちゃんの勘。……よって、おにいちゃんたちは泣き落とし作戦に出ることにしたよ」

「……？」

オリエが首を傾《かし》げていると、応接間に残り十六人の兄姉が雪崩《なだ》れ込んできた。

どうやら、廊下で息を潜めていたらしい。

「なにやってんだよ……十七人全員揃《そろ》うこと自体滅多にないんだからもっと有効的に時間使えよ……」

兄姉はそれぞれ顧客を抱えていて、引っ張りダコだ。

全員、この屋敷に部屋は残っているが、それぞれ別邸を構えていたり、客の訪問が途切れなかったり、国内外を飛び回っていたり、世界の裏側まで足を運んだりと忙しい。クリスマスや感謝祭ですら家族全員揃わないことがあるというのに、泣き落としでオリエを説得するためだけに集合したのだから、兄姉の本気度が窺える。

「オリエちゃん、お見合いして、おねがいよ……おにいちゃまのおねがいだよ……」

「せめて一度だけでも安心させて……絶対にうまくいく結婚だから」

「怪我したあなたが心配なの。おねえちゃんたちを安心させてちょうだい」

「このままだとあなたのお仕事を潰して辞めさせたくなってしまう」

「オリエくん、本来なら君がこの家を継ぐはずだったんだ」

「かわいい弟よ、お前の才能はそれほどに素晴らしい」

「いまでさえ怪我が絶えないんだ。今後、どんな恐ろしい目に遭うか……」

「お前が一番占いの才能があるのに、顔にこんな大きな怪我をして……占い師なら少なくとも拳銃で殴られることはないのだから、結婚していまから占い師になりなさい」

「そうだ。結婚すれば、もし銃で殴られるような事態が発生してもきっと許婚が守ってくれる！」

「だから、……ね？　お見合いして、結婚しましょう？」

「してくれないと、私……おとうさまの時のことを思い出して、暴走してしまいそう……」

「にいちゃん、ねえちゃん、それもう泣き落としじゃなくて脅迫じゃん……」

十七人の兄姉がかりで詰め寄られる。

下手に断ると厄介なのは明白だった。

「脅迫でもなんでもするさ。お前の安全のために」

優先されるべきは、一族のかわいい末っ子。

この子が、自由に、安全に、楽しく、幸せな人生を送るために。

そのためになら、なんでもする。

「オリエ、お前だって、守るべき者の利益のためならなんだってするだろう？」

「…………」

そう言われると、オリエは困る。

言い返す言葉は思いつくのだが、返答に詰まる。愛し方は歪《いびつ》であっても兄姉に可愛がられて愛されている実感はあるし、自分だけが我儘《わがまま》を押し通して実家を出て、家業や実家の付き合いに一切携わらずにいるのも事実だ。厄介な親族から、「末子にも家業をさせろ」と突き上げがあることも、しつこい親族を兄姉が制御してくれていることも知っている。

まぁ、厄介な親族を兄姉が手にかけようとしたのを思い留まらせているのはオリエだが……。

「……絶対に結婚しないからな。会うだけだからな」

ひとまず兄姉の心痛める姿に応えるためにオリエはお見合いを承諾した。

お見合いをさせてしまえばこっちのものだと言わんばかりに、兄姉はよく似た顔でにっこり笑った。

＊

兄姉の泣き落としに遭った週の日曜日、お見合いがセッティングされた。

その週末まで、毎日オリエとトキジが交替で病院へ泊まり込み、子供に付き添った。

お見合いを承諾したからか、兄姉がオリエの外出を禁じることはなく、毎朝、実家から仕事に出るオリエを笑顔で送り出してくれた。

明日はいよいよお見合いという日の前夜、オリエは子供の入院する病院にいた。持ち込んだPCで仕事をしつつ夜を明かしたが、子供は目を醒まさない。助けてから一度もだ。脳波にも異常がないので、心的な要因かもしれない、というのが医者の診断だった。

子供の枕元には、トキジが持ち込んだ玩具《おもちゃ》がいくつも置いてある。アップルパイを貪り食っていた姿が印象的だったからか、ふわふわの布で作られたリンゴがたくさんあった。リンゴの形をした赤や緑のフェルトに綿が詰まっていて、毛糸のバスケットに入っている。ほかにも、玩具や絵本、色とりどりのバルーン、ガーランドで病室が飾り立てられていた。

病院の売店や病院の近所で買ったのだろうが、どれを見ても趣味がいい。

仕事をしつつ付き添いをする間、あの大きな狼がせっせと病室を飾りつけている姿を想像したら、知らずのうちに頬がゆるんだ。

オリエは、リンゴのふわふわの隣に自分が持ってきた見舞いの品を置いた。オリエが持ってきたのは、ぬいぐるみ、ゲーム機とソフト、ボードゲーム、子供向けカートゥーンのトレーディングカード、乗り物や電車の玩具、ゴムボールなどだ。時々、携帯電話やＰＣで、この年代の子供が好きそうなアニメや音楽を流して聞かせてみたりもしているが、反応はない。

「……あー……、えっと……」

子供向けのテレビ番組を真似《まね》て、ぬいぐるみを持って可愛い声で話しかけようとしたが、どう話せばいいか分からず、「似合わねー……」と苦笑するだけに終わった。

トキジはどういう気持ちで玩具を飾っているのだろうか……。

オリエが病室の前に立つと、時折、絵本を読み聞かせているトキジの声が聞こえてくることがあった。仕事中の緊迫した声音しか知らなかったから、低く、穏やかで、ゆっくりとしたトキジの声や話し方は新鮮だった。

毎日ひとつずつ玩具や絵本が増えているし、看護師からもトキジがそれらを使って子供に語りかけたり、手に握らせて刺激を与えたりしていると伝え聞いている。オリエと違って、そういうことがスマートにできる男なのだと初めて知ったし、ちょっと意外だった。あの男は、子供を守るのは得意かもしれないが、子供の相手をする時はいつも専門のスタッフに一任していたから、てっきり子供の扱いが下手なのか、人相と図体でこわがられるからその手の仕事を避けているのか、苦手なのだと勝手に思い込んでいた。

「知らないって罪だよなぁ……」

この状況になって初めてトキジの人となりを知った。

夢にも思わない一面を知った。

現状、子供の付き添いは、オリエとトキジが交代で行っている。

社長という肩書を持つ者同士、時間は節約したい。交代の時に顔を合わせても挨拶《あいさつ》もそこそこで、自社へ逆戻りする毎日を送っている。引き継ぎの会話を省くために、互いの携帯電話のSNSで子供の状況や医者の話、保護局との話し合いの結果を報告しあっているが、個人的なことは話さない。この状況になる前は頻繁に連絡を取る必要もなかったから、今回初めて互いの連絡先を交換した。

「……そういえば、今日は連絡ないな……」

わりとマメな男で毎日連絡があるのだが、今日にかぎってはなかった。交代で顔を合わせた際に「報告事項はない」と一言もらっているし、別に連絡を待っているわけではないが、なんとなく連絡がないと気になる。

今夜はオリエが付き添い、明日はトキジが付き添う。二人とも都合がつかない時は、互いの会社のスタッフに付き添ってもらう。そうやっていつの間にかルーティンができた。

「しまった。……明日、見合いだ」

付き添いの時間を代わってもらう必要がある。

携帯電話でＳＮＳのアプリを立ち上げながら、数日前に、トキジも週末に予定があると連絡をくれていたことを思い出す。

看護師からは「二十四時間ずっと付き添わなくても大丈夫ですよ」と言われているが、目を醒ました時に誰もいなかったら不安な思いをするかもしれないと思うと、この身が許すかぎりは傍にいてやりたいと考えていた。

「……見合いは、行って帰って三時間くらいで終わるか？　……よし、バイト三時間、病室で俺の代わりに付き添い、時給三千円、緊急につき休日手当てのほか社長のポケットマネーでおこづかい支給、別途、交通費と昼食代とコーヒー代を保障、人数一名、誰か出られる人いたら連絡してください、っと」

自社スタッフ間のグループチャットに募集を投げる。

すぐにリプライがあり、そのスタッフに代理をしてもらうことで話がつく。

ひとつ安心できたことでオリエは部屋の隅のソファに腰を下ろし、ふと、鏡に映った自分の顔を見る。目の下の隈《くま》がすこし目立つ気がする。唇も乾いていて色が悪い。仮眠して、血の気の多い食事でも食べればマシになるだろうが、家に帰って兄姉にうるさく心配されるとそれもまた疲れる。

「今頃になって思い出した」

自分の指で唇に触れた瞬間、仕事中、あの夜、トキジの口端にオリエの唇が触れたことを思い出した。ふわふわとしたやわらかさと、ちくちくとした短い毛の感触。狼獣人特有のものなのか、それともトキジの皮毛の匂いなのか、いい匂いもした。

「案外、覚えてるもんだな」

ほんの一瞬の出来事で、二人ともあの時はそれどころではなかった。

そのあと、トキジもトキジでなにも言ってこなかったから、きっと忘れているだろう。

「次に会った時に笑い話にしてやる」

きっと嫌な顔をするだろうから見ものだ。

トキジの引き攣《つ》った顔を想像して、オリエは笑えた。

＊

見合い相手の邸宅は旧市街地にある。

白壁に黒塗りの屋根瓦《がわら》という東洋風の屋敷だ。何十代か前の当主がジャポニズムに傾倒してこの日本家屋を建てたらしい。観音開きの門を潜《くぐ》れば日本庭園が広がり、清水が流れ、鹿威《ししおど》しの音が響き、綺羅星《きらぼし》が瞬くイルミナシティの丘に見立てた築山があり、枯山水が広がる。敷地の奥には離れや土蔵、中庭、茶室もあるらしい。

「土禁の家だ……」

慣れない屋敷で、礼を失しそうだ。

オリエが思わずそう漏らすと、「お前は本当に昔から素直な子だね。それと、土足厳禁ではなく、こういう文化のおうちというだけだよ」とサテエカに微笑ましげに見つめられる。

靴を脱いだオリエは兄に続き、使用人の案内で庭に面した渡り廊下を歩いた。鶯《うぐいす》張りの廊下だ。馴染《なじ》みない足裏の感触がくすぐったい。

丹精された生け垣や手入れされた家屋を見るかぎり、敷地の広さだけなら実家と同程度だ。オリエから見た印象としては、どちらの家も美術品のようで、人が生活をしている気配がない。申し訳ないが、窮屈で息が詰まる。

見合い相手もそういう感じなのだろうか……。可能なら、このお見合いを円滑に断れるような人物であってほしい。これが原因で、家同士で揉めたり、相手方を不愉快にさせたり、兄姉が無理を言って困らせたり、こちらのお家断絶などという最悪の事態だけは避けたいのが心情だった。

応接間に通されると、絨毯《じゅうたん》を敷いた畳に洋風の応接セットが設《しつら》えられていた。

正座が得意でないオリエは内心「助かった……」と胸を撫《な》で下ろし、椅子《いす》に腰かける。

年配の使用人が茶と茶請けを供し、「座り心地は如何《いかが》でございますか？」と尋ねてきた。

「オリエ、お答えしなさい」

「問題ありません」

兄に促されて、オリエが短く答える。

「それはようございました。お客様はお椅子の生活と聞いて、坊ちゃまが、こちらを洋風に設え直されました。是非、お庭をご覧になってお待ちください。主《あるじ》は間もなく参ります」

古くから勤めているらしい使用人は深々と頭を下げて退室した。

見るとはなしに、オリエは丸窓から冬の庭を望む。庭には特に感想がなかったが、家具の話を聞いて、こちらを気遣う人物であるという事前情報に「いい人っぽいな」という感想を抱いた。

「にいちゃん、俺、見合い相手のことなんにも聞いてなかったわ」

「そうだね。断るつもりだから尋ねてこないのだと思っていたけれど、尋ねていないことさえ気づいていなかったんだね」

「うん」

「先入観なしでお見合いしてほしかったから、おにいちゃんも説明しなかったからね」

「先入観ってどういう感じの先入観？」

「二つあるよ。一つは、こちらの家は嫁や婿を大事にする家柄だということ。代々、我が一族から出した子は、みんな幸せにしてもらっているんだ」

「そういう取引してんの？」

「こちらの家とは利害関係や主従関係が一切ないよ」

「俺んちに、そんな付き合いあるんだ」

「この家だけだよ。うちと対等なのは」

「………………」

兄がそこまで誰かを認めるのは珍しい。というよりも、初めて他人を認める言葉を聞いた。

馬鹿馬鹿しい話だが、この家と実家の家格とやらを比較すると、実家のほうが格上だ。そして、兄姉はそういうことをとても大切にする。本来なら、見合い相手がオリエの実家に足を運ぶか、外部に一席設けるかだ。だが、なぜかオリエたちがこの家を訪ねた。

それほどにこちらの家はオリエの実家から嫁いだ者を大切にしてきた実績があるのだろう。そして、この家の現当主もまた、兄が対等に接するに相応《ふさわ》しいと判断した傑物なのだ。

兄姉がこちらの家にそれなりの敬意を払っているからこその振る舞いだろうが、それだけでわざわざ足を運んだりはしない。なにがしかの思惑があるはずだ。

「昔から、うちとこちらは種族同士の相性が良かったんだ。お見合い結婚であっても、最終的には両想いになり、恋や愛を積み重ねて仲睦《なかむつ》まじく添い遂げ、これぞ夫婦和合の極致！　という感じでおしどり夫婦になる者ばかりだったんだよ」

「ふぅん。よかったね」

「だが、結婚を無理強いしたり、政略結婚をさせたり、家同士の利益を考えて周りが外堀を埋めてくっつかせるとうまくいかなくてね……。周りの者たちは淡々と両者を引き合わせて、お節介はせず、見守りに徹して、あくまでも当人同士が気に入って結婚する、という条件付きだ」

「その条件で結婚すると……？」

「すごく幸せになる」

「…………」

「ほら、お前ときたら、じゃあ俺は絶対に結婚なんかしないし、結婚しても幸せになんかなってやらない、にいちゃんやねえちゃんの思い通りになってたまるか、みたいな顔をするだろう？　だから、この話をして先入観を持ってほしくなかったんだよ」

「もう話してんじゃん」

「お前が尋ねてきたことに答えないのは心苦しいからね。……それと、もうひとつの理由は、お前自身が足を運んでこちらへ挨拶に伺い、お見合い相手と結婚するのがお前にとって最も安全かつ幸せだと占いに出たからだよ」

話の区切りが良いところで、先ほどの使用人が顔を出し、当主のおとないを告げた。

さぁ、お見合い開始だ。

オリエは背筋を正す。

「失礼いたします」

まず、着物を着た狼獣人の女性が入室し、頭を下げた。

彼女はこの家の当主だ。彼女の背後に控えているオスの狼獣人に視線を流し、「……遅参したうえにこのような格好で……」と重ねて詫《わ》びる。

「申し訳ありません、お待たせいたしました」

続けて、詫びとともに入ってきたのは、夕日色の毛皮を持つ狼獣人のオスだ。

仕事の所用で遅れたことを詫びたその狼は、三つ揃いのスーツ姿で、小脇に『東雲総合環境整備保障』の社名が入ったジャケットを抱え、いままさに大急ぎで到着しました、という出で立ちだった。

「…………」

「…………」

顔を合わせた瞬間、オリエと見合い相手は大きく目を見開き、一呼吸の間を置いて、

「こいつかよ！」と声を上げ、腹を抱えて大笑いした。

＊

オリエは猫もかぶらず、いつもの口の悪さそのままに喋った。

「いつもそんなふうにぶっきらぼうで不愛想なのかい？」

サテエカは、仕事モードのオリエの言動を実際に見るのは初めてだ。

そのサテエカが驚くほどにオリエは素を出した。

トキジもいつも通りに喋るものだから、サテエカは「君も、パーティーで会った時とは随分と違うね」と、オリエとトキジの間で呆気《あっけ》に取られている。

「グリウム・クリーニングサービスカンパニー、お前、その顔面で見合いに来たのか。いい度胸だな」

「俺の顔面は多少青黒くなってても美しいんだよ」

「それはそうだろうな。それより……」

「あの子供の付き添いはうちのスタッフに任せてる。あと二時間以内に病院に帰りたいからとっとと終わらせるぞ」

「そのほうがこちらもありがたい。ところで、今回の清掃業務についてだが……」

「トキジさん、これは仕事の打ち合わせではなくてお見合いです」

着物姿の女性が口を挟んだ。

自己紹介によると彼女はトキジの姉らしい。

楚々《そそ》とした風情の女性で、あまり口を挟まない人のようだが、さすがに話が脱線したのを感じ取って方向修正する。

「そうだね、さっきから仕事の話ばかりだね。だが、それ以前に、トキジ君は、うちのオリエの顔を顔面と言っていたが、顔面に言及する以前にまず言うことがあるのではないかな？」

サテエカは、暗に「オリエの怪我の心配もできないのか？」と不満を表す。

「にいちゃん、コイツ、ちゃんと俺の怪我の心配したじゃん」

「どこがだい？」

「いい度胸だな、って言ったじゃん」

「それのどこが心配なんだい？」

「え、どこって……その言葉そのもの。開口一番でそう言うってことは、最初に俺の怪我が気になったからその話題に触れたってことだから、つまりそれは心配してるってこと」

「……そうなんだ？」

「そうだよ」

「…………お前たちの間で通じ合っているなら、おにいちゃんはなにも言わないよ……」

「……？　よく分かんないけど、コイツはそんな薄情な奴じゃないから安心しろって。何度も一緒に仕事してるからそれは分かってる」

兄が厄介な行動を起こす前に、トキジに対する誤解を解いておく。

「お互い、お仕事上はよくご存じのようですから、あとはお二人に任せて……」

トキジの姉がサテエカを促して退室する。

サテエカは後ろ髪を引かれていたが、トキジの姉が上手に連れ出してくれた。

「……さて、それでは、形式的に自己紹介からするか？」

「いまさら？」

オリエは背凭れに深く背を預け、斜に座り直して腕を組む。

「まだしてないだろう？　顔合わせ早々、大笑いしながら席に着いて仕事の話を始めてしまったからな」

オリエがテーブルから離れた分だけトキジは体を前に乗り出し、オリエをまっすぐ見やる。

「断るにしても俺の本名ぐらいは必要だろうから名乗ってやるか……」

「オリエ＝グリウムだろう？　グリウム・クリーニングサービスカンパニー代表」

「生家は占竜《せんりゅう》族のアウグリウム家。本名はオリエンス＝アウロー＝アウラートゥス＝

アウグリウムだ、東雲総合環境整備保障社長」

「本名はシノノメ＝トキジだ。何十代か前の当主が極東の島国から狼の嫁をもらって以降、その苗字《みょうじ》を使っている」

「ああ、そういう理由で、ちっとも東洋風じゃないのに東洋風の姓名なのか」

「そうだ」

「お互い、付き合いだけは長いのに知らないことのほうが多いな」

「まったくだ」

そうして笑うトキジの尻尾が揺れる。

それはとても穏やかな時間だった。静謐《せいひつ》な空間で、銃撃も怒声も不幸な子供の存在も命のやりとりもない。月明かりではなく、太陽の日差しが差し込む明るい昼間、仕事以外の状況で、二人きりで、明るい場所でトキジを見て、オリエは新鮮味を感じる。

こうして、トキジだけを集中して見るのも、初めてだ。

淡い夕日の色、深い夜と夕焼けが混じった紫と青とオレンジと茜色《あかねいろ》のグラデーション。自然の誇る美しさを閉じ込めたかのような毛皮は、夜間の仕事が多い清掃業務中では気づけなかった。月夜もさながら、太陽の下でこそ映える美しさがある。

オリエを見つめる瞳も毛皮と同じ色をしていて、仕事中は「ぴかぴか光ってLEDライトみたいだな、こいつ。敵に見つかるじゃないか？　危ないから目は閉じてろよ。……でも、暗視ゴーグルなしで動けるのは便利だな」などと思っていたから、昼間に見ると色の移り変わりや瞳の輝き方が違って見えて興味深い。

さすがは茜狼族《せんろう》と呼ばれるだけのことはある。

オリエとトキジは、仕事の延長戦のような気持ちで、この見合いについて互いの知る情報を開示し合った。共通認識として、許婚という立場ではあるが、両実家ともに結婚を無理強いする意志はなく、あくまでも本人たちの相性と判断に委ねるという方針で統一されていた。

トキジは、オリエの写真も釣り書きもなにも渡されていなかったし、親代わりであり当主でもある実姉から名前すら知らされていなかったらしい。ただ、「いつでもお婿さんになるつもりでいなさい」程度のことは言われていたそうだ。

トキジ自身も、「結婚相手と会ってみて、気に入ったら婿入りしてやろう」というつもりでいたらしい。

「よくもまぁ顔も知らない相手にそんな気持ちになれるな」

「顔も知らない相手に拒否感を抱きようもないからな」

「そういうもんか……。嫁入りなんてごめんだって俺は最初から拒否しまくった」

「俺としては婿入りも辞さんぞ。こう見えて、一途《いちず》で貞淑な男だからな」

オリエの軽口にトキジも軽口で返してくる。

こんな調子で、ポンポンと軽妙に話は進んだ。

トキジの両親は既に引退して、娘と息子に家のことを任せ、海外で隠居暮らしをしている。姉がこの家屋敷を切り盛りしながら資産の管理運営を担い、弟であるトキジは自分が興した会社で現金を稼いで生活費に補填《ほてん》している。

つまり、この家は、トキジが外で働いて稼がなくてはならない程度の資産状況であり、東雲家は俗に言う貧乏旧家、というやつらしい。

歴史ある家柄で、社交界でも顔が利き、様々な方面にツテはあるが、遊んで暮らせるほどの金はない。オリエの実家のように家業もなく、よそに貸している土地家屋からの不労所得が雀《すずめ》の涙ほどあるだけで、東雲一族はみんな外に働きに出たり、自分一人の小さな会社を興したりして生活している。

トキジは会社を経営して一族の広大な敷地を守り、せっせと固定資産税を払い、食い扶《ぶ》持《ち》を稼げない年寄りや働きたくても働けない者を養っていた。

「そういうわけで、我が東雲家は、お前のところのように潤沢な資産はないが、ささやかながら我が実家と一族を守りつつ、自社の社員とその家族の衣食住を賄って、普通に贅沢《ぜいたく》する分には困らない。もちろん、家族が一人増えても……」

一人増える家族というのはオリエのことだろう。

トキジは事前に用意していた己の資産状況を開示した。

トキジは自分の家を控えめに表現したけれど、オリエが資料にざっと目を通すと、投資や資産運用で莫大な利益を生んでいた。

トキジの実家は古く歴史があり、極東から宮大工を招いて造らせた建造物は粋が凝らされている。この屋敷のほかにも、そうした建物が複数あるらしい。それらの一部や美術品を美術館や映画やドラマの撮影に貸し出したり、リノベーションして旅館施設や料亭を経営し、利益を挙げている。

サテエカあたりは、東雲家の資産状況を抜かりなく調査しているだろうが、兄の保証などなくとも、この男の仕事を見ていれば信用度は抜群だとオリエにも理解できていた。

「なら、次は俺だ」

今度はオリエが己の資産状況を開示した。

説明などせずとも、アウグリウムの名を出せば超富裕層だということは国内外の共通認識だが、相手にだけ開示させて自分がしないのはフェアじゃない。

「お前は正直者というか、負けん気が強いというか……」

「公明正大な男だと言え」

「……っ、はっ」

トキジが笑った。

肩と尻尾を揺らし、「お前は本当にああ言えばこう言う」と目を細めた。憎めない奴を相手に「しょうがないな、こいつは」と優しくすべてを許すような笑い顔だった。

肩の力が抜けた、いい笑顔だと思った。

周囲を安心させるためにか、元々の性格なのか、トキジは仕事中でもよく表情を動かす。現場仕事が円満に片づき、撤収する間際などは声を上げて笑うこともある。

オリエの会社の古参スタッフが「あっちの社長、とっつきやすくていい人らしいですよ。笑った感じとか、オリエ代表も見習ったらお客に怖がられることも少なくなるかもですよ」と助言をくれたこともある。

それほどに、他者を安心させる、どっしりとした包容感のある笑い顔だった。

ただ、それは個人が持ち合わせる魅力だ。資質のないオリエが真似したところで、トキジのような安心感は与えられないだろう。

「グリウム・クリーニングサービスカンパニー、どうした？」

「なんでもない、東雲総合環境整備保障。……本題に戻す。こちらの資産状況だが、……うちの会社の資金繰りは、従業員と家族を食わせて、時々、教会や保護施設に寄付するのがやっとだ。そっちの家は旧家らしいが、うちの実家は金こそあれども胡散臭《うさんくさ》い占い家業なうえに新興の一族だ。そして、残念ながら俺は俺の実家の金をどうこうできる立場じゃないし、個人資産はほとんどない。今後も実家の運営にかかわるつもりがないから相続放棄している状態に近い。たとえお前がうちに婿入りしても贅沢はさせてやれない」

「贅沢は不要だ。二人で身を寄せあって生きていこう」

「お前には苦労をかけないようにする」

「お前とともに歩む人生なら苦労も望むところだ」

「…………」

「…………」

真面目《まじめ》くさった表情を作って見つめ合い、茶番じみた掛け合いで戯れ、すこしの沈黙の間に、オリエは「ああ、こいつも結婚するつもりがないな」と悟った。

トキジから、そういう雰囲気が見て取れた。

それならそれで話が早い。

「東雲総合環境整備保障、そちらは俺に、細々とクリーニングサービスなんかやってないで実家の金で会社の規模をでかくすればもっと弱者を守れるのに……とは言わないんだな」

「一度でも実家の援助を受ければ、経営や人生設計に実家の意向を反映しなくてはならなくなる。そうなると、一族の意向に沿った活動を行ったり、出資元の機嫌を窺う必要が出てくる。時にお前の自由はなくなり、一族の利益のために働く義務が生じる。しがらみが増える。それを拒みたいんだろう？」

「……話が早い」

本当に、話が早くて助かる。同じような家柄に生まれたからだろうか？　それとも、この男が聡明《そうめい》なだけだろうか？　どちらにせよ、オリエはトキジとの付き合いやすさを改めて感じた。

「これまでのお前の様子を見ていればおのずと分かることだ」

「そっか……」

「お前は常に弱者の利益を優先し、自由であることを守ろうと奮闘している。一族のなかに骨を埋めて繁栄と存続を継承するために生きることと、戦ってでも守るべき者に寄り添うことを一番に掲げるお前の目標は、見ているものがまったく違う」

「……困る」

「なにが困る？」

「俺は、この見合いを断るつもりで来ていた」

「……なるほど」

「なのに、今日、お前にそれを伝えずに後日断りを入れるっていうのはフェアじゃないし、失礼だ。お前があまりにもこちらに理解を示すから、申し訳なさすぎて……。そう、たぶん、申し訳なくて困っている」

「たぶん？」

「こんなに俺の意向を汲《く》む奴はいままでいなかったから……」

心ない者からは「偽善者」と呼ばれた。実家の金を使えばもっと大勢助けられるはずだと詰め寄られたこともある。実家とオリエの会社が一挙両得するかたちで、なぁなぁの関係でやっていけばいいじゃないかと嗤われたこともある。時には、「世渡りが下手なのか？　教えてやろうか？」と枕営業を持ちかけられた経験は数知れず、「そもそも、働かなくても食っていけるんだろ？　占い師さん」「愛人の産んだ末息子はいいよな、自由で」と揶揄《やゆ》されたり、裕福な実家について嫉妬されたこともある。

なにかしらの色眼鏡《いろめがね》で見られることが当たり前だったから、まっすぐ自分を理解してもらえることがこんなにも心地好いのだと初めて知ってしまった。ストレスのない会話、誤解や偏見の介在しない相手との付き合いやすさは、オリエが夢見ていたような気安い関係だった。

「つまり、俺があまりにもイイ奴すぎて、見合いが断りづらくなってきて困っている、ということか？」

「いや、断るのは断る」

「……断るのか」

「当たり前だろ。お前だって、うちの実家と縁戚《えんせき》になったら苦労するのが目に見えてる。やめとけ」

「お前のところの兄姉殿のまことしやかな噂については耳に入っている。お前自身、この見合いを断り切れなかったんだろう？」

「ご明察。まぁ、実家のことはさておき、そもそも俺は生涯結婚しない主義だ」

「初耳だ」

「仕事相手にそんなプライベートなこと話す必要ないからな」

「いまはプライベートだから、個人的な主義主張を話す、と？」

「そうだ。お前は話が通じるから。……だから、会話を放棄しないで、ちゃんと説明したいと思った」

「お前もお前で苦労してきたようだ」

「あぁもう……そうやってこっちの意図を汲んで、理解を示すから……」

困る。

言葉で語るには難しい心労や経験を皆まで語らずに察してもらえると、「コイツとの会話はなんて楽なんだろう」と思ってしまう。

「お前が見合いを断るという意志は知ったが……そうは言えども、お前のところの兄姉殿だ。すぐには難しいだろうな」

「…………」

「提案だ。まずはお試しでもしておけ」

「お試し……？」

「ああ。お試し期間中にトキジとの結婚について熟考した結果、相性が合いませんでした。お断りします。見合いやお付き合いにはすこし疲れたので、そっとしておいてください。兄姉殿にそう説明しろ。それなら当分は実家を安心させられるし、時間的にも余裕ができてお前も余計な気苦労から解放される。それなら、あの兄姉殿も納得するんじゃないか？」

オリエの実家が厄介で、兄姉がそう簡単にこの結婚を諦めないであろうことは目に見えている。

「そっちはそれでいいのか？」

「ああ。同業者の疲れた顔を見ているよりはずっといい」

「……恩に、着る」

「恩を着せるほどのことはしていない」

トキジが、また鷹揚《おうよう》に笑う。

その笑い顔は力強く、オリエは今日やっと肺の深くで息ができた。

仕事で助けられた子供や、トキジの会社のスタッフが、トキジの笑い顔を見て緊張を解く理由が分かった気がした。

オリエの顔の怪我が治るまで。それを目安に、トキジの実家で暮らすことになった。

お試し期間を設け、お互いをよく知るために東雲家で世話になる、という建前だ。

兄姉が待ち構える実家よりは過ごしやすいし、実家に戻った途端、「お見合い、どうだった？」「いい人でしょう？」「オリエちゃんの意見を聞かせてちょうだい」と十七人に取り囲まれて質問攻めに遭うのも辟易《へきえき》するから、トキジからの提案で世話になることにした。

＊

このまま順調にいけば結婚は円満に断れそうだ。

ただ、この件でのオリエの気がかりが一点だけ残っていた。

十七人の兄姉それぞれの占いの結果だ。

トキジと一緒になるのがオリエにとって安全。

これはどういう意味を持っているのだろう？

兄姉はオリエに嘘をつかないし、占いは決して外れない。占いという言葉が耳に馴染みよいからその言葉を使っているが、人外のそれは占いというよりも、ご宣託であったり、ご神託だ。予知や予言とも言える。

今回、オリエが目立つ箇所に負傷したことで、オリエの身の安全を憂えた兄姉が見合いを急いたと考えるのが妥当だろう。

お試し期間中だけでもトキジとオリエが一緒にいることで兄姉が安心するならそうさせてやりたかったし、安全という言葉がなにを意味するのか確かめたかった。

見合いの当日以降、オリエは東雲家の洋間を借りて、そこで寝起きすることになった。隣はトキジの部屋らしいが、トキジも普段は会社近くに部屋を借りていて、この家では暮らしていないらしい。

その後、オリエは一度東雲家から外出し、病院の子供を見舞った。

オリエの代わりに付き添ってくれていたスタッフに色をつけたバイト代を渡して礼を言い、子供の傍に腰を下ろす。

「目を醒まさない患者の夜間の脳波の再計測と観察のため、これからこの子は検査室へ入りますから、今夜の付き添いは必要ありませんよ。すみません、連絡が遅れて……。検査室が急遽《きゅうきょ》空いたので、検査は早いほうがいいと先生からの指示でして……。明日のお昼頃には病室に戻っていますから、またその頃においでください」

看護師にそう説明され、オリエはほんの一時間ほどの滞在のあと、トキジにその旨連絡を入れ、職場に顔を出して夜遅くに東雲家に戻った。

戻ってくると、洋間にベッドが入っていた。洋間と続きの和室には、オリエが出かける前にはなかった机や椅子、洋風の生活に必要なものが完璧に揃えられていた。

「こ、……どっ……な……」

これ、どうした、なにが起きた。

斜め後ろに立つトキジを見上げると、「お前、畳《たたみ》に布団で寝たことないだろ」と言われ、「うちで仕事をするなり、日中を過ごすなら、続きの和室を使え」とも言われた。

同業ゆえに分かるのか、仕事に必要そうなものが完備されていた。

「……お試し期間で、断る前提なのに？」

「お前は断る前提かもしれないが、だからといって、それが快適な生活を送らないでいる理由にはならない」

「…………」

「狼獣人の特性とでも思っておけ。一度でも巣穴に招き入れた者に不便な思いをさせたとあっては沽券《こけん》にかかわる。それだけだ。もう遅い。寝ろ」

トキジはそれだけ言うと、自室へ退《さ》がった。

「……………人生初めての、他人の家でお泊まりだ……」

オリエは頰をゆるませた。

和紙を張られた照明から漏れる仄明《ほのあか》るい灯《あか》り。欄間の飾り彫りがその灯りで落とす陰影は絶妙で、幽玄な雰囲気を醸し出す。木材や畳藺《たたみい》草《ぐさ》の匂い。庭を流れる川の清らかな音色。障子やガラス窓から滲《にじ》むやわらかな月光。そんなものを感じながら、オリエは、水通しされた真新しい寝具に包まれて横になり、目を閉じた。

新しい部屋の家具調度品はトキジが設えたのか、この屋敷にはミスマッチだけど、わりとオリエの好みで、ちょっと落ち着いた。

＊

その夜、オリエは夢を見た。

同時に、持病の片頭痛の喩《たと》えがたい不快感を自覚して眉間《みけん》に深い皺《しわ》を寄せた。

目を醒ましたオリエは寝床で携帯電話を手探りした。夢に引きずられていた意識が現実世界に引き戻されるにつれ頭痛の強さが如実になり、吐き気にも似た眩暈《めまい》を起こす。

枕元のいつもの場所に携帯電話がない。目を開けば頭痛が酷くなる気がする。開きたくない両目を開き、暗闇《くらやみ》で瞳を光らせるが、見慣れない部屋の景色に戸惑ううちに携帯電話が床に落ちた。睡眠中、寝苦しさに何度も寝返りを打っていたらしく、携帯電話をベッドの端へ追いやっていたようだ。

オリエはベッド際まで寝転んだまま移動して、床に手を伸ばす。

「……っ」

そのままオリエ本人も床に落ちた。

「いまの音、……オリエか？」

すこしの間を置いて、隣室のトキジが部屋越しに声をかけてきた。

壁の上部に欄間があるせいか、日本家屋はわりと声が通るらしい。

「……悪い、電話、落とした……」

そう答えて、床に仰向けに寝転がったまま肩で息を吐く。

ベッドに上がるのが億劫《おっくう》だった。

夢を見たあとの頭痛は時間とともに引いていく。それまでここでじっとしていればいい。

それより携帯電話だ。ベッドから落ちた拍子に見失ってしまった。

「入るぞ」

廊下から差し込む月明かりを背に、トキジが立っている。

寝直せばいいのに、様子を見にきたらしい。

「……いいとこに来た。俺の携帯電話、鳴らしてくれ……」

「携帯電話はお前の足もとに落ちている。……それより、お前も落ちたのか？」

部屋に入ったトキジはオリエの携帯電話を拾ってベッド際に置くと、オリエの傍らに膝をつく。

「見りゃ分かるだろ。……起こしたか？」

「気にするな。すこし前から目が醒めていた」

「……？」

「お前が何度も唸《うな》って寝返りを打つから、慣れん家で寝つけんのだと思っていた」

「あー……それはごめん。睡眠の邪魔した……」

オリエが言い終わるより先に、トキジはオリエの体を抱き上げてベッドに乗せる。

あまりにも軽々と、まるで小さな荷物のように、それでいてお姫様のように静かにそっと持ち運ばれてしまう。

頭痛が酷い時は、揺らされたり、動かされたりすると余計に酷くなるのに、そういった不快感が最低限で、オリエは「すげーな」と思ったままを口走った。

口を開けば憎まれ口しか叩かないオリエの口からそんな言葉が出たせいか、トキジは目を開き、瞳孔《どうこう》を細くしてオリエをじっと見つめ、「頭でも打ったか？」と本気で心配した様子でオリエに怪我がないか調べ始めた。

「だいじょうぶだって……」

「寒がりなんだから、服を着て寝ろ」

どこにも怪我がないと分かったら、トキジはオリエの体に布団を掛けてくれる。

「下は穿《は》いてる……よな？」

オリエは自分の下肢を確認した。

下半身は下着とスウェットを穿いて、上半身は裸だ。よそ様の家だから配慮したが、自宅ならパンツ一枚で寝ている。冬場は下着だけで、暖房を効かせた部屋の冷たい布団に潜り込むのが好きだ。素肌に触れるやわらかな寝具の感触や、さらりとした冷たさが次第に温まっていくのが病みつきになる。

「なんで俺が寒がりって知ってるんだ？」

「冬の外仕事の時、一人だけ顔面真っ白にして唇から色を失くして、帰ったら熱い風呂《ふろ》だ！　って毎回叫んでるだろ」

「よく覚えてんな、そんなこと……」

覚えてる、という単語で携帯電話のことを思い出し、オリエは自分の携帯電話の音声メモ機能を起動すると、「ナイフ、拳銃、馬鹿デカいサイズの狼のぬいぐるみ」と吹き込み、録音した。

それらは、夢で見た物だ。

続いて、「悪い、ちょっと携帯触る」とトキジに断りを入れて、馬鹿デカいサイズの狼のぬいぐるみを通販サイトで注文し、いつでも誰かが受け取ってくれるこの家の住所宛てに手配する。ナイフと拳銃は手持ちの装備にあるし、普段から持ち歩いているから、この部屋にも予備がある。

オリエが通販をしている間にトキジは自室へ戻るかと思ったが、ベッド際に腰を下ろしてオリエの行動をじっと見ていた。

「またお告げか？」

「そうだよ。ありがたいご宣託だ。……あー……クソ、あったまいてぇ」

きっと、今夜の夢も、誰かのなにかの危機を防ぐために必要な夢だ。

この家を荷物の配達先に指定した手前、トキジにも夢見の内容を簡単に説明するが、その間もじわじわと存在を主張する頭痛にオリエは悪態をつき、目を閉じる。

トキジはそれを機に立ち上がり、部屋を出ていった。

正直なところ、トキジが出ていってくれて助かった。できるだけ平静を装って普通の会話を心がけていたが、今夜の頭痛は一時間やそこらでは引いてくれそうにない。

ギリギリと噛みしめた奥歯が欠けてしまいそうだ。

眠りたいのに、眠れない。

せめて仕事が始まるまでに頭痛がマシになってくれればいいが……。

体感よりも長い時間そんなことを考えていると、額に冷たいタオルが触れた。氷のように冷たく、それとは別に硬く絞られたタオルで脂汗を拭われる。

片目だけ開くと、トキジが介抱してくれていた。

「冷たいのはいやか？」

「……つめたいほうが、いい……」

「薬は？」

「…………」

首を横に振る。

これは、薬の効かない頭痛だ。

熱っぽい目元まで冷やしたくて、オリエは手を持ち上げ、タオルに指先を引っかけて途中で力尽き、手を下ろす。オリエの意を汲んだのか、トキジが氷を張った水盆でタオルを改めて絞ってから目元まで覆うように置き直してくれた。

一言も言葉を交わすでもなく、オリエが平静を装う必要もない。沈黙が続いたけれど、互いにそれを「変な感じだ」と声に出すわけでもなく、「同業になにさせてんだか……」とオリエが自嘲《じちょう》する雰囲気を作ることもなく、トキジは自然に傍らで看病してくれた。

うつらうつらするうちに深く寝入ってしまったらしい。一瞬の睡眠のように感じたが、目を醒ませばすっかり日が昇っていた。頭痛はもう影も形もなく、朝陽を見てずきずきと痛むようなこともない。

日本家屋独特の冬の冷たさが床下から感じられるが、不思議と背中は温かい。その独特の温かさは馴染みがないのに、また次の眠気を誘うような心地好さがあった。

オリエが寝返りを打つと、ふに……、とやわらかいものに鼻先が触れた。

「……？」

首を傾げると、ふわふわとしたものが唇に触れる。オリエの姉の一人が着ていた黒貂《くろてん》の毛皮に似た質感で、「小さい頃、ねえちゃんにだっこしてもらった時に、ほっぺたにふわふわするのが気持ち良くてずっと触ってたなぁ……」と昔を思い出し、頬をゆるめてしまう。

撫でるようにその毛皮に指を滑らせ、その指がトキジの鼻先に触れた瞬間、ようやく、最初にオリエの鼻先に触れたやわらかいものが狼の口吻《こうふん》の先端だと気づいた。

途端に、「これ、トキジじゃん」と笑えてきて、「なんで隣で寝てんだよ」と首を傾げつつも、「こっちは看病させた身だしな」と思い直し、「……そうだ、どさくさ紛れに仕事中にキスしちゃったうえに、今朝《けさ》、寝返り打った時にお前の鼻のてっぺんにキスしてやったんだぞ。なのに起きないなんてお前も抜けてるなって言ってやろ」と一人で笑った。

オリエがそっと寝床を出ようとすると、太腿《ふともも》に絡まっていた狼の尻尾がそれを阻む。どうやら、布団を足の間に挟んで寝ると落ち着くというオリエの変な癖が出てしまったらしい。

もしかして、俺が太腿の間に尻尾を挟んだから、コイツ、自分の部屋に帰れなかったのか？

少々の申し訳なさを感じながらも、オリエは狼のふわふわに頬を埋め、さて、どうやって寝床を出ようかと考えているうちに二度寝してしまった。

当の狼はといえば、オリエに毛皮や鼻に触れられても目覚めることはなく、オリエの想像よりも穏やかな顔で寝息を立てていた。

＊

どうやらオリエはトキジという男の一面しか知らなかったらしい。

それとも、狼というのは皆こういう生き物なのだろうか？

片頭痛を起こした姿を見られた日から、トキジが妙に優しかった。一度でも懐に入れた者に対する態度が甘すぎて、実の兄姉を凌駕《りょうが》する勢いの溺愛っぷりが果てしなく凄《すさ》まじく、それでいて兄姉のように押しつけがましくなく、オリエは戸惑っていた。

なにせ、トキジは、オリエの三度三度の食事も風呂も着替えも髪を乾かすのもぜんぶしようとするのだ。世話焼きにも程がある。

だが、トキジの優しさに戸惑ったのは最初だけで、よくよく考えれば、仕事中、保護対象者や弱り果てた依頼人に親身に寄り添うトキジの姿をよく見かけたし、自社スタッフのことも大事にしているし、オリエの会社や、付き合いのある他社にも分け隔てなく親切だった。トキジの振る舞いを想い起こせば、元からそういう性質なのだと納得がいく。

戸惑っているのは、トキジの振る舞いに対してではなく、どちらかというと自分自身の心のほうらしい。

どうやらオリエは自分が弱っている時に優しくされると弱いようだ。

幼い頃、片頭痛や風邪《かぜ》で寝込んでいる時、兄姉に看病されると「早く治さないと……」という気持ちが強く働いた。大人になってからは、怪我やちょっとした病気くらいでは他人の看病を必要としてこなかったから、今回、自分がそうして適切に優しくされると戸惑うタイプの性格だと初めて知った。

焦った。

このままだとなし崩しで「結婚もいいかも……」と気持ちが揺れてしまいそうな気がした。

自分にそんな弱い一面があるなんて知らなかった。

優しくされて気持ちが傾くなんて……。

それじゃあ吊《つ》り橋効果で恋に落ちるのと変わらない。

「俺はもしかして……恋愛的に、ちょろいのか……」

それとも、恋愛経験値が低すぎるのか。

恋をしてこなかった結果がこれか。

そもそも、好きでもないのに「優しくされたから結婚も吝《やぶさ》かではない」などというのは、トキジにも失礼なのでは？

あと、純粋に、この家の生活が快適すぎるのもよくない。

自分がじわじわと懐柔されているのが手に取るように分かる。

仕事から帰ってくるたびに準備されている最高に美味《うま》い食事。しかも三食バランスが取れたオリエの好物が並ぶ。早朝や深夜、昼過ぎなどランダムに帰宅した時に抓《つま》むための軽食もある。

いつでも入れる温かい風呂。しかもオリエが好きな温度に保たれていて、シャンプーや石鹸《せっけん》、シェーバーとジェル、タオル類もオリエの普段使いがそれとなく用意されている。

さらに、洗濯物のふわふわ感は、姉の黒貂にも似たふわふわ感が常にキープされている。トキジの毛皮にも引けを取らないふわふわのそれらは極上で、着心地も好ければ肌触りも好い。

いつ何時でも掃除が行き届いているオリエの居室については、「掃除のために部屋に人が入るが、どうする？　部屋の掃除は自分でするか？」というトキジの問いに、「掃除までしてくれんの？　じゃあ頼むわ」と快諾したのは自分だが、これがまた押しつけがましくない程度の掃除で実に快適だった。

頭痛のあった夜から、時折、トキジと会話を交わすようになった。

互いの部屋の壁越しに、誰に聞かれても困らないような世間話をするようになった。照れ臭さが勝るのか、どちらかの部屋へ赴いて話をすることはない。壁越しだ。

ほんの数分程度の時もあるし、仕事の話だと長くなる時もある。そのうち、互いに長いこと旅行にも行っていないという話になり、家には寝に帰るだけだという話になり、他愛《たわい》ない会話が広がっていった。その時だけは頭を空っぽにして、思いつくままに話す時間になって、話しながら眠ってしまうことがあったり、トキジの寝息を聞いて自分も眠ってしまうことがあった。

お互い、朝になれば朝食を食べて、それぞれの仕事場へ向かうし、時には夜中に呼び出しがあって出かけることもある。その時々で目が醒めれば、「おう、気をつけて行けよ」「いってらっしゃい」と声をかけあったりもした。

深夜、オリエが帰宅してもトキジがまだ帰宅していなかったら、「今日は夜に話すのはナシか……」とすこし残念に思う自分もいた。

目を醒まさない子供の付き添いでどちらかが留守にすることも多いから、壁越しに話す機会はそう多くなかったけれど、何気ないやりとりが楽しくて、楽しみで、同じ仕事をしている者同士だからこそ理解できる苦労もあって、余計な気遣いをすることもされることもなくて、快適だった。

「実家よりも快適な見合い相手の実家ってどういう状況だよ……」

この状況に絆《ほだ》される前に、オリエは気合を入れ直した。

気合を入れ直して早々、オリエはとある事実を知った。

「……じゃあ、俺のメシも、風呂焚《た》きも、部屋の掃除も、洗濯も、ぜんぶお前がやってたのか……東雲総合環境整備保障……」

「久しぶりにその名前で呼ばれたな」

「俺も久しぶりにその名前で呼んだけどさ……」

近頃は、「おい」とか「なぁ」とか「いまちょっといいか？」とか、まるで熟年夫婦のように壁越しに声をかけて会話が始まっていた。

だが、オリエにまつわるすべてをトキジが行っていたというのは初耳だ。てっきり、この屋敷に勤めている使用人が世話してくれているものだと思っていたし、彼ら彼女らもオリエになにも伝えてこなかった。

「なんでお前がするんだよ」

「俺が受け入れた客人なのだから、俺が世話を焼くのが当然というか……、まぁ、そんな感じだ」

「……狼の考えること分かんねぇわ。今後、洗濯は自分でするかクリーニングに出すから、洗濯はやめろ」

「自分の分を回すついでだ」

「……そういうの、使用人にやってもらうんじゃないのか？」

「うちは家業がないからな。いつでも潤沢に資金が入ってくるわけではないから、使用人の数も少ない。自分でできることは自分ですることにしている。それに、一人分も二人分も手間は同じだし、二人分の洗濯が一度で済めば水道代と電気代も節約できる」

「お前、通常運転でそんなに世話焼きなのか」

「そうだな。限定的ではあるが、これが普通だ」

「まぁ、単純にお前は、仕事の客にも誰にでも親切だから、俺にもそうやって親切なんだろうな」

「他者への親切は自分にできることをしているだけのこと。好きな人への親切は押しつけがましく強引で利己的で下心だらけだ」

「…………」

トキジは爽《さわ》やかに回答したが、「それってつまりコイツの場合、親切よりも愛のほうが厄介ってことじゃないか。コイツに愛される奴は災難だな……」とオリエは内心で苦笑いする。

「なぁ、東雲総合環境整備保障……、俺はあんまり長くこの生活を続けるのもどうかと思うし、お前に日常生活のぜんぶを任せるつもりもない。このお試し期間、いつ、どういうかたちで、どんなふうに終わらせる？」

オリエの顔の傷が癒《い》えるまで。

そんな曖昧《あいまい》な取り決めはしたが、明確なことは話していなかった。

そろそろ断ったほうがいいのか、ゆるやかに自然消滅するかたちがベストなのか。

同業者でライバル業者だけれど、トキジを憎んでいるわけではないし、仕事ぶりは認めている。それに、この家で世話になった短い期間でトキジ本人のいいところも知った。できるかぎりトキジの意向も聞いて円満解決したいし、可能なかぎり双方の実家に配慮したかたちを選びたい。

「俺は……、仕事中のお前のことしか知らなかった。グリウム・クリーニングサービスカンパニー」

「だよなぁ、東雲総合環境整備保障」

いまだに名前で呼び合うのも気恥ずかしい関係なのにな……と、壁越しに背中合わせで座った二人が苦笑する。

トキジにも、トキジなりの考えや思いがあるのだろう。

言葉を探している様子を察して、オリエは口を挟まず続きを待つ。

「……お前は、見ていて面白い」

「…………ケンカ売ってんのか、東雲総合環境整備保障」

「売っていないケンカを勝手に買うな」

「じゃあどういう意味だ」

「分からん。……分からんが、見ていて面白いと同時に、見ていて危なっかしくもあるから、すこし、その……意外だった。お前が抱えているものが思ったよりも深刻で……」

「……深刻？」

「夢見の悪さ」

「あぁ。なんだ、そんなことか」

なにかと思えば……。オリエは肩透かしを食らった気になる。

どうやらトキジは、酷い頭痛を伴った夢見のご宣託のいいとこどりをしている気持ちになったらしい。トキジに強引にねだられて夢見の結果を伝えているのではなく、オリエのほうから「アップルパイ持っとけ」と押しつけているのだから、そんなこと気にしなくていいのに……。変なところで律義な男だ。

「いままで優しくできず、すまん」

「謝るなよ……」

こういう時は、「悲壮な顔面だな。とっとと家へ帰って寝たらどうだ？」と言うのが東雲総合環境整備保障だ。

調子が狂う。

「もう寝る」

オリエは会話を打ち切った。

トキジからの返事を待たずに部屋の電気を消し、ベッドへ上がって頭から布団をかぶり、「無理だ」と思った。

あの世話焼き具合にも、懐へ入れたオリエへの接し方も、兄姉のように鬱陶しくない親切心も、居心地の好さも限界だった。

むしろ今日までよくこの男の行動に耐えた。

知らなかったとはいえ、この男の行動は、オリエのなかでは溺愛に分類されるものだ。

現在の関係性でやすやすと受け入れてよいものではない。

この生活はもうやめよう。

自分の知らない自分の弱さを知ってしまって、知らなくてもいいトキジを知ってしまって、これ以上なにか知ってしまったら……。

その夜、オリエは脱走を決めた。

明日の夜からは自分の家で寝よう。後日、電話で断りの連絡を入れれば、「脱走するくらい結婚がいやだ」という身内へのアピールになる。

だが、トキジの実家側が「お嫁様候補が脱走するくらいうちのトキジはダメな男だったのか……」と思ってしまうのはなんだか悔しいし、オリエの兄姉が「あの男では不足だったのね」とトキジを見くびるのも腹が立つ。

「……？」

悔しいってなんだ？

見くびられて腹が立つってなんだ？

ただ単に、トキジは仕事のできるイイ奴で、わりと嫌いじゃないってことだけだ。だからってなんで、どうしてトキジが見損なわれたら俺が悔しい気持ちになるんだ？

考えれば考えるほど、むしゃくしゃして、胸のなかがじわじわと痒い。そわそわ、ぞわぞわして、落ち着かない。

トキジの家で世話になってから初めて、他人の巣穴ではなくて自分のねぐらに帰って寝たいと思った。

＊

子供は、いまもずっと眠ったままだ。

手の空いた時間に別個に子供の付き添いをしていたオリエとトキジだが、今日は二人一緒に見舞いに行くことになった。

トキジは馬鹿デカい狼のぬいぐるみを抱えている。オリエが夢で見たあのぬいぐるみが今日届いたのだ。いつ必要になるかは分からないが、オリエが早めに子供の病室へ持っていこうとしたら、「車を出す。お前、バイクだろ」と運ぶのを手伝ってくれた。

二度ほど断ったが、トキジが強引に狼のぬいぐるみを車の後部座席に入れてしまい、オリエは助手席に座るしかなかった。

ついでにオリエは怪我の診察を受けて、予後良好だと診断を受けた。なぜかオリエと一緒に診察室に入って医者の話を聞いていたトキジはあまりいい顔をしなかったが、髪で隠れるからとオリエはガーゼも絆創膏《ばんそうこう》も断った。

「……入るぞー」

子供の病室の扉をオリエがノックをして、スライドドアの取っ手に手をかける。

扉を開いた瞬間、いままさに眠る子の点滴になにかを注射する看護師の後ろ姿があった。この子供に必要な薬剤を注入しているだけかもしれない、などと思う必要もなく、瞬時に夢で見た光景は今だと悟り、オリエは反射でナイフを投げた。

その一瞬でトキジがオリエの脇をすり抜け、腕にナイフの刺さった看護師を取り押さえる。トキジはぬいぐるみを抱えたまま、片腕だけで看護師を制圧してしまった。

病室の壁際に隠れていた二人目の看護師が、子供に銃口を向ける。

「トキジ！」

オリエが叫ぶと、トキジはぬいぐるみを子供へ投げつけ、オリエは二人目の看護師を己の拳銃で撃つ。

オリエの弾丸に倒れつつも二人目の看護師が放った弾丸は、ぬいぐるみの腹に留まり、子供を傷つけるまでには至らない。

看護師の一人は気絶し、もう一人は絶命している。

転がった注射器に薬剤は入っていない。空気を注入しようとした様子から、子供に対して殺意があったことは確かだ。

それになにより、これはオリエが夢見た瞬間とまったく同じ景色だった。

「無事だ」

子供の無事を確認して、トキジが伝えてくれる。

オリエは確信があって動いたが、トキジはなぜ動いたのだろう？

病室のクローゼットやバスルーム、窓の外に敵がいないか確認していたオリエがトキジの行動を不思議に思っていると「またお前の夢にタダ乗りだ」とトキジが言った。

どうやらトキジはオリエを信じたらしい。

「根拠もなく、俺の夢見を信じたのか」

「さっきの状況は、お前の見た夢の条件と揃っていたと判断したから動いただけだ。お前のところのスタッフも同じようなもんだろう？」

「そうだとしても……」

そうだとしても、……なぜだろう？

自社のスタッフにすら、「こういう感じの条件が揃ったら夢で見た物が必要になる状況だ」と事前に細かく説明して、それでようやく想定通りに動いてもらえるか、すこし動きが遅くなる、その程度だ。

だが、トキジはオリエが動くとほぼ同時に動いた。

事前にほとんど説明していなかったのに、動いた。

まるで手に取るようにオリエの行動を把握してトキジが動くものだから、自分のことをぜんぶ説明しなくても理解してもらえたような気持ちになって、嬉しかった。胸が躍る感覚を知ってしまった。

「なんでだよ……」

「お前と同じ現場を何度も踏んでいる。お前の動くタイミングは大体覚えている」

トキジはナースコールで責任者を呼び、オリエの問いに答える。

オリエは口のなかを自分の歯で噛み、言葉にならない感情を殺し、トキジに背を向けて仕事に意識を向け、気絶している敵を調べた。

「こいつら、……たぶん本職の殺し屋だ」

「……たぶん？」

「確証はない。たかがクリーニングサービス屋の代表ごときが殺し屋の顔知ってるわけねぇだろ」

「それもそうか」

「知り合いの元殺し屋夫婦に顔を見せたら分かるかもしれない」

オリエは携帯電話で二人の顔写真を撮影し、知人夫婦に送る。

銃声はたった一発だが、にわかに病棟が騒がしくなり始めた。

最初に担当医と看護師が駆けつけ、十分ほど遅れて病院長がやってきた。病院への説明と警察と保護局への通報について話し合い、オリエとトキジは保護局の局員が到着するまで子供に付き添うことにした。

「……オリエ」

病室内のソファで話していると、子供の傍に立つトキジが呼んだ。

「なんだ？」

オリエがトキジへ視線を巡らせると、子供と視線が合った。

目を醒ました子供が、寝台に横になったままオリエをまっすぐ見つめていた。

【3】

騒ぎのせいで子供が目を醒《さ》ましたのか、それとも、偶然の産物なのかは分からない。

大急ぎで再検査が始まったが、健康状態に問題はなく、大人たちはまずそれに安堵《あんど》した。

その後、警察や関係機関との話し合いの結果、子供は退院し、保護局の保護下に入ると決まった。

本来なら、もう数日は様子見で入院させたいところだが、再びこの子を狙《ねら》う者が現れるかもしれない。それならば、警備員と小児科医が常駐する保護局の施設へ移動させたほうが安全だろうということになった。

以降、オリエとトキジは、時折、保護局から報告をもらう以外は子供とのかかわりが減っていく。必要なら、オリエとトキジの会社で護衛業者を雇って子供の身辺警護に当てることも可能だが、行政が許可しないかぎりはそれも行えない。今後、そうした配慮については会社の顧問弁護士と保護局との交渉次第になる。

「それで？　この子供に護衛をつけてどうするんです？　偽善も結構ですが、あなた方はこの子にどこまでかかわれるんです？」

私的に雇った身辺警護をつけるとオリエが申し出た際、保護局員から、暗に「最後まで責任を持てないなら中途半端にかかわらないでください。ただでさえ子供は大人に不信感を抱いている。あなたのようなまだ若い人は面倒になったら途中で投げ出すでしょう？どれだけ子供に関係するお仕事をなさっていたとしても、公的な信用があなたにはないんですから、中途半端にかかわってこないでください」と皮肉を言われた。

常日頃から保護局とは友好な関係を築いているつもりだが、こういうアタリの強い局員がいるのも事実だ。

「うっせぇ、そいつの揺り籠《かご》から墓場までぜんぶ責任持つに決まってんだろうが」

売り言葉に買い言葉だ。

オリエはケンカを買った。

「失礼、……自分はこういう者ですが……」

オリエが啖呵《たんか》を切ると、隣で話を聞いていたトキジが名刺を出して、自分が名の通った名家出身であり、社会的立場もあることを明確にして、オリエとともに子供に対する責任の所在を担うと明言した。

「公的信用が足りないってんなら、俺の名前を出してこの連絡先に問い合わせろ」

トキジの名刺を見て、オリエも慌てて自分の名刺を局員に押しつけた。

目を醒ました子供は、もう一人の保護局員とソファに座ったまま一言も喋《しゃべ》らず、じっとオリエを凝視していた。シャイで話さないのか、心的な要因で喋れないのか、言語を必要としないタイプの人外なのか、様々な可能性が考えられるが、それは今後も継続して行われる検査次第だ。

オリエは子供のもとに歩み寄り、床に両膝《りょうひざ》をつき、目線を合わせ、現金と連絡先を渡し、「いつでも俺かコイツに連絡しろ」と伝えた。

皮肉を放ったほうの保護局員はオリエの行動に良い顔をしなかったが、オリエは「身寄りのないガキの連絡先は、俺と、……こっちの狼《おおかみ》で登録してるんだから、電話ぐらいしたい時にさせてやってくれ」と頭を下げた。

「……お前は、俺が知るお前よりも大人だった」

子供と保護局員が去ったあと、トキジがそう漏らした。

「頭下げるだけでアイツが電話をかけられるなら、いくらでも下げる」

「名刺も、社用ではなかった」

「こういう時にこそ使えるモノは使う」

オリエが渡したのは、実家の姓と連絡先入りの名刺だ。

悔しいことに、オリエの自社名のそれよりも、実家のほうが効力が絶大なのは明白だった。

「お前は絶対に実家のネームバリューを利用しないと思っていた」

「兄姉に借りを作るのは、後々の面倒になりかねないから避けてる。それは確かだ。だけど、俺が実家の名前を使わないのは俺のケチなプライドであって、俺がくだらないプライドを優先した結果、あの子が不利益を被るなら、俺はプライドを捨てる。守るべきを守ることが最優先だ。俺の見栄を優先しても子供は幸せになれないけど、もし俺の実家の名前を使ってあの子が幸せになるなら、名前ぐらいいくらでも使う」

「惚《ほ》れるな」

男らしい回答に、トキジが思わずそんな言葉を漏らす。

「知らないのか？　俺はこう見えてモテるし、よく惚れられるんだよ」

「そうなのか？」

「そうだよ」

「…………」

「なんだよ、急に黙んなよ。……俺、会社に電話してくる」

まっすぐトキジに見下ろされて居心地の悪いものを感じ、オリエは席を外した。

今回の騒動については、警察や病院とも話がついているし、殺し屋二名は警察に引き渡した。オリエとトキジの会社全体にも状況の周知徹底、スタッフ全員にも身辺に気をつけるよう注意喚起を促す指示を出した。

「……ああ、そうだ、東雲総合環境整備保障、……この騒ぎのついでに、あの子に関連した事後処理や調査で忙しくなるから、俺は会社に近い自宅に戻る……っていう体で、お前の家から出る。これでお試し同居は解消だ。じゃあ、俺は会社に戻る。進捗《しんちょく》状況についてはうちのスタッフから連絡入れる」

自社への電話の最中にトキジに断りを入れ、オリエは背を向け、病院を後にした。

殺し屋については知人夫婦が調査してくれると返信があったし、オリエの自社スタッフも動いているし、トキジも自分のツテを頼って情報収集に勤《いそ》しんでいる。こういう時に二つの会社が合同で動くと作業が分担できて便利だ。

出社したオリエは雑務や事務処理、溜《た》まっていたデスクワークと今後の新規依頼の精査を行い、オリエが不在でも行える依頼をチームごとに振り分け、深夜、久しぶりに自宅に戻った。

息つく間もなく、トキジが自宅のチャイムを鳴らした。

「なんでだよ……」

「押しかけ女房しにきた」

背の低い玄関先で、トキジがそう宣言した。

オリエの位置からだとトキジの顔が隠れてしまい、表情が見えず、本気か冗談か分からずにいると、続けて、「あの子供の情報を共有するにあたり、お前と同居しているほうが話が早い。お前の怪我《けが》の予後は順調とはいえ、家事など生活に支障が出ていることが心配だ。夢見が悪いことも心配だ。それから、お前が保護局員に啖呵を切ったのが男前で惚れた。お前との結婚もいいかもしれないと本気で思った」と真っ正直に伝えてきた。

「…………勘弁しろよ……」

「唐突にすまん」

「俺、まだメシも食ってねぇよ……」

げんなりしつつもトキジの真っ正直さに怒る気も失せた。

「…………」

無言のトキジがオリエの眼前に中華デリの入ったビニール袋を持ち上げた。

両手に提げ持つビニール袋から、最高に芳しい香りが漂ってくる。

「…………とりあえず、まぁ……上がれよ」

決して中華デリに負けたわけではないが、オリエはあまり深く考えず狼を自宅に招き入れた。

その日は、トキジの持参した大量の食料と、冷蔵庫でキンキンに冷えたビールを片手に二人で食事をしながら、あの子供のことについて仕入れた情報を共有した。

玄関先での結婚云々《うんぬん》の話を突き詰めるよりも、子供のほうが優先順位が高いのは二人のなかで暗黙の了解だったたし、当然のことだった。

「どうしてもお前に伝えておきたいことがある」

牛肉の黒胡椒炒《くろこしょういた》めを食べながらトキジが最初に口を開いた。

「なんだ？」

海鮮ヌードルを食べていたオリエが顔を上げる。

「先般、あの子供を救出した際の、仕事の依頼主であるカルヴィ家の夫婦と、保護したミハイルを覚えているか？」

「ああ、覚えてる」

「あの時、依頼主に引き渡した売春組織の連中全員が、それぞれ別々の状況と時期に死体が発見されるか、もしくは行方不明になっていることが発覚した」

「……まぁ、たまにあるよな。依頼主が金持ちだと……」

後味の悪い話ではあるが、子供の将来を憂いたリッチな依頼主が、バラシ屋や汚れ仕事専門の始末屋に悪党を始末させることはままある。

そんなことはトキジも承知のうえだろう。

ただ、トキジとオリエが引っかかりを覚えたのは、事件からまだ半月も経過していないということだ。あまりにも迅速すぎる。一刻も早く処分したかったのかもしれないが、専門業者を探して、依頼して、交渉して、七名を始末して、処分するにしても、依頼主やミハイルのアリバイ作りをする必要があるし、記録に残らない金銭の支度や送金の手筈《てはず》も必要になってくる。ミハイルが売春組織でどういった扱いを受けていたか、ミハイルの将来にかかわる記録が別の場所に保存されていないか、そういったことを確認するためにも、もうすこし時間が必要なはずだ。

「あまり依頼主を疑うのは好きではないが、仕方ない……」

「怪しきは調べるべきだ」

油淋鶏《ユーリンチー》を半分ずつ分け合いながら、オリエとトキジは依頼主とその息子ミハイルについて調べる算段をつけた。

＊

結局、その日はオリエの自宅で二人で膝を突き合わせて徹夜で今後の計画を練り、両社の方針を決定する頃に朝陽を拝んだ。

オリエは定位置のソファベッドで、トキジは椅子《いす》で、それぞれ三十分ほど仮眠をとり、目を醒ますと、オリエはキッチンでコーヒーを淹れ、トキジはオリエが教えた近所のパン屋のワゴンカーに買い出しに出かけた。

「この間、食いはぐったから……」

トキジは、ホールのアップルパイと総菜パンを十種類ほど買ってきた。

どうやら、アップルパイが食べたかったらしい。

「家になんもねぇわ」

オリエは冷蔵庫を覗《のぞ》き込み、肩を竦《すく》めた。

野菜も果物もシリアルもない。それどころか、いつも立って食事を済ませるので、カウンタースツールも置いていない。冷蔵庫にミネラルウォーターだけはあったので、カウンターのコーヒーメーカーの隣に置き、「セルフで好きなだけ飲め」と言いかけたところで、トキジの実家での歓待を思い出し、この家で唯一のマグにコーヒーを注いでトキジの前に置いた。

「家で食事をしないのか？」

「寝に帰るだけだ。コーヒーだけは目覚まし代わりに飲むから置いてる。……そっちは？」

「まぁ、似たようなものだな」

「お前も家で食わないのか？　あんなに料理上手なのに？」

「食ってくれる奴がいれば作るが、自分のためには作らんな。面倒だ」

「だよなぁ……」

トキジと出会った頃の自分が見聞きしたらびっくりするだろうなぁ……というくらい平々凡々とした穏やかな朝の会話をする。

「このコーヒー、美味《うま》いな」

「だろ？　ハイチ産のコーヒー豆、美味いんだよ。家か職場で飲めるなら持って帰るか？」

「持って帰る」

「ミルあるか？　ないなら挽《ひ》いとくぞ」

「職場にある」

「じゃあ、豆のまま持っていけ」

オリエは意気揚々とコーヒー豆を持って帰らせる準備をする。

自分のはしゃぎように「なんだこれ」と戸惑いつつも、心が躍るのを止められない。だって、自分の好きなものを好きになってもらえるのは嬉《うれ》しい。

「オススメの挽き方と淹れ方はＳＮＳのほうに送っといたから、それ見ながら淹れろよ。……なんだよ、こっち見んな」

カウンター越しに、トキジがまっすぐ見つめてきた。

気恥ずかしくて、トキジの手にあったアップルパイを奪い取って齧《かじ》る。

すると、トキジの手がオリエのほうへ伸びてきた。

「……？」

てっきりアップルパイを奪い返されるのだと思ったら、トキジの手はそのままオリエの後頭部に回り、オリエを引き寄せ、がぶりと噛《か》むようなキスをした。

「お前の目の前にいるのは、商売敵であると同時に押しかけ女房だってことを忘れているようだから、思い出させた」

トキジはしれっとそんなことを言って、呆《ほう》けたままのオリエの唇を牙《きば》で甘噛みしてから離れる。

「……っ」

言葉にならない声でなにか言おうとした瞬間、トキジが玄関へ鼻先を向けた。

「誰《だれ》か来るぞ」

知っている足音だ、と付け加えて、トキジが玄関先へ向かう。

間もなく、玄関のチャイムが鳴らされ、昨日の皮肉屋の保護局員とあの子供の姿がモニターに映った。

オリエの許可のもと、トキジが扉を開き、二人を招き入れる。

保護局員の第一声は「ああ、お二人が一緒にいらっしゃって助かった」だった。

客を招くことのないオリエの自宅に応接セットはない。さっきオリエが仮眠をとったソファベッドに二人で座ってもらい、オリエとトキジは床に腰を下ろす。

保護局員がおもむろに口を開き、早朝の訪問を詫《わ》びるとともに事情説明を始めた。

昨日、保護局に引き取られてからも、子供は一言も喋らなかったらしい。

この子供がなんらかの人外であることは確かだが、どうやら特殊な症例らしく、生まれて初めて父性や母性、家族愛などを感じた人に懐く習性があるということが判明した。俗に言う刷り込みというやつだ。

この子がそうした愛を初めて感じたのがオリエで、次点でトキジであると保護局員は続けた。

「喋らないのに、なんで分かるんだ？」

「あなた方の名刺を握って離さないんです。風呂《ふろ》や着替えの時に預かると言っても泣き叫んで暴れていやがります。小児科医が言うには、おそらく、名刺が唯一あなた方の匂《にお》いがついている物だからだと思われます。そのまま一晩中ずっと啜《すす》り泣きして、昨日は点滴だけが食事です。ご住所はお伺いしていたので、朝一番にこちらに参った次第です」

「……一晩中泣いてたのか」

オリエは床を這《は》って移動して、ソファに座る子供を覗き込む。

幼な子はなにも語らないが、昨日と同じ服はいまも涙で湿っていて、固く握られた小さな手には、くしゃくしゃの名刺が二枚ある。

子供と視線を合わせるようにオリエが首を傾《かし》げると、子供もオリエの瞳《ひとみ》を見るためにオリエと同じ方向に首を傾げる。

それこそ、まるで親の真似《まね》をする雛鳥《ひなどり》のような愛らしさだ。鱗《うろこ》のある尻尾《しっぽ》がオリエの足もとでうろうろしていて、オリエの脚に巻きつけたくてたまらない感情が伝わってくる。

それがあまりにもいじらしい。

「まるで分離不安の猫のようなんです。こうしたデータのない人外の児童の扱いは大変繊細かつ複雑で、私どももマニュアルにない人外の子の世話は大変難しく……。それに、この子は、お伝えした通り、まともな生活ができない有様です。引き取り先が見つかるまで、是非、面倒を見ていただきたく思います。親鳥の世話がなくては、この子は生きていけません」

「…………」

「トキジ、尻尾」

トキジが尻尾で床を叩《たた》くのをオリエが諫《いさ》める。

昨日の今日で保護局員があまりにも失礼であることへの抗議だ。

へりくだった物言いはするが、この保護局員は、年若いオリエに対して無茶を通せることが当たり前だと思っているし、オリエの優しさと子供の弱さを盾に責任を押しつけようとしている。

「私、昨日、そちらのグリウムさんが、揺り籠から墓場までと宣言した啖呵もお聞きしています。グリウムさんとシノノメさんのご身分は社会的に信用があることは確認済みです。なにより、ご実家が名家でいらっしゃる！　……まぁ、このスラムのご自宅はすこし子供

が生活するには……ですが、お二人が子供の救済の一端を担う会社を経営されていること
も社会的信用度が高いですし、……ほら、お二方の社訓は、優先されるのは子供の幸せ、
とお伺いしておりますので……」
「なるほど」
「それにですね、グリウムさんとシノノメさんが一緒に暮らしていらっしゃるなら、なお
のこと好都合です！　お二人の実家も福祉事業には好意的で、我々保護局の活動にも後押
しを頂戴《ちょうだい》しています。今回、この子を預かっていただく件で……と問い合わせをいたし
ましたところ、お二人に任せればよい、大船に乗ったつもりでいろ、アウグリウム家と東
雲家は責任を持って二人を推挙し、保護局に支援を行うという回答を頂戴しました」
　この保護局員は、渡した名刺を頼りにオリエとトキジの実家まできっちり調べてきたら
しい。
　子供を任せるにあたり、必要不可欠な身辺調査は行ったうえで、……そして、おそらく
は上長や保護局長、そのもっと上の階級の許可も得たうえで、今日、ここにいるのだ。
　だが、実際のところは、アウグリウムと東雲に関係する子供を保護局に置いておくのは
厄介だと判断した、というのが本音だろう。殺し屋に狙われるような子供だ。なにかしら
の問題を抱えているのは確実だ。もし、保護局内で預かっている時に、この子が怪我でも
すれば、両家が出てくるかもしれない。保護局員全員がクビになってもおかしくない。幸

いにも、オリエとトキジに子供を引き取る気持ちがあることは昨日のうちに判明している。

そこで、早速、厄介払いをしにきたのだ。

双方の実家も、おおよそのところを察したうえで、保護局に先ほどのような回答をしたに違いない。双方の実家は、オリエとトキジの婚姻を望んでいる。オリエが自宅へ戻ったことは両家の知るところだから、このまま婚約破棄にならぬようトキジとの接点を繋《つな》げておきたい、という魂胆もあるのだろう。

「めんどくさいことしてないで、まっすぐ俺んとこに来いよ」

保護局の上長や局長、オリエとトキジの実家、あちこちに根回しする時間の分だけ、この子はオリエのもとへ来るのが遅れた。昨日のうちに、まっすぐオリエのもとへ連れてきていれば、この子は一晩ずっと泣きじゃくらずに済んだのだ。

それだけは腹が立った。

「お怒りはごもっともで、では、……その……、その子は……」

「この子は俺とトキジが預かる。保護局が返せと言っても返さない」

オリエは子供の瞳を見つめ返したまま、視界の端に座る保護局員に言い切る。

「それはさすがに……」

「あちこちへ荷物のようにぽんぽんと行き場を変えられては、落ち着くものも落ち着かない」

トキジが援護射撃してくれる。

オリエは「ほら、こっち来い」と両手を広げた。

すると、ぎこちない動作でその子はオリエの胸におずおずとやってきて、細い両腕をオリエの腹に回してぎゅっとしがみついてきた。

必死に縋《すが》りつく子供があまりにも哀れで、オリエは膝に抱き上げ、子供が抱きついてくる力よりももっと強く抱きしめた。

この人外の子供が、生まれて初めて父性や母性や家族愛を感じた人に懐くという習性を持ち、オリエとトキジに懐いたということは、いままでこの子は大人の誰にもそういう感情を向けられてこなかったし、愛されてこなかったということだ。赤の他人に愛を感じるほど愛を求めていたということだ。大人の助けや愛や世話を必要としているということだ。

「おにいちゃん……」

オリエの胸に抱かれた子が、囁《ささや》くような啜り泣きで喋った。

「おにいちゃんって、……俺か？」

「………おにいちゃん」

こくんと頷《うなず》き、オリエをもう一度呼ぶ。

「よし、今日から俺がおにいちゃんだ」

こつんと額を合わせてオリエが覗き込むと、瞳に涙をいっぱい溜めていた子供が全身の力を抜いて体重のすべてをオリエに預けてくれた。

オリエは、それがなによりも嬉しかった。

＊

オリエの自宅はスラムにある。自社までバイクで十五分ほどだ。スラムの一角に位置するが、穏やかな気質の住人が集まっていることもあり比較的治安はマシなほうで、すぐ近所にギリシャ料理の美味いダイナー、なんでも揃《そろ》っているグロサリー、洋の東西を問わぬファーマシー、軽食のワゴンカーがいくつも出ていて、オリエの生活に必要な物が手の届く範囲にあった。

この近辺は、高くても五階建てくらいまでの古い建物が密集していて、どれもレンガ造りだ。オリエの住む建物も五階建てで、オリエは半地下のワンフロアを借り切っている。

エレベーターなんて便利な装置はなく、使い勝手も悪いが、家賃が安い。獣人が暮らしにくい人間サイズの間取りで、店子《たなこ》が限られてくるからだ。

駐車場などという気の利いたものはないし、自宅前に駐車すると盗難に遭うので、オリエは道路側に面したスロープ状の出入り口から部屋の中にバイクを入れている。以前、ここは半地下のガレージだったらしい。いまは住居になっているので、出入り口の七割がコンクリートの壁面に造り替えられ、三割ほどがバイクを出し入れするシャッターになっている。

広いだけの空間にコンクリ打ちの壁と床が広がり、扉や仕切りはない。玄関に立てば、リビングダイニング兼寝室とキッチン、バイク置き場が見渡せる。居住空間とバイク置き場はわずかな段差で区切られているが、ほぼ平面だ。かろうじて扉があるのはバスルームだが、そのバスルームもトイレとシャワー、ランドリーが一緒になった狭い空間で、オリエの会社のシャワールームのほうがまだ快適にシャワーを浴びられるほど狭い。

リビングには椅子替わりのソファベッドとPC、キッチンにはマグカップが一つとコーヒーメーカーがあって、皿や鍋《なべ》はない。テレビも見ないし、ラジオも音楽も聞かない。それらが必要なら携帯電話かPCで事足りる。ガレージだった時に使われていた作りつけの大きな戸棚が小さなクローゼットに改装されているので、そこに衣服を収納していた。

ほとんど会社で生活しているようなものだから、これで不足はなかった。

だが、押しかけ狼女房と人外の三歳児と人間の共同生活ともなると、この家財道具と設備ではおおいに不便がある。それは、スーリヤがやってきた初日に直面した問題だった。

スーリヤというのは、あの子供の名前だ。天上の太陽という意味で、オリエとトキジで名付けた。夜から朝にかけて、朝陽が昇りきるまでの太陽の色をすべて閉じ込めたような髪と瞳の色をしているので、その名前にした。

スーリヤは、親の顔も姿も存在も知らず、名前というものもなかった。名前を持たない子供だからといって「おい」と呼ぶわけにもいかない。共に暮らしていくのだから、便宜上だけでも呼び名が必要だ。

スーリヤも気に入ってくれたようで、「スー……リ、ャ？　スーリヤ、……スーリヤ！」と何度も繰り返し、「スーリヤ、オリエ、トキジ！」と三人をそれぞれ指さし確認して、蛇に似た尻尾をぱたぱたさせて喜んだ。

名前をつける前、スーリヤを引き受けた時点で、オリエはこの子の面倒を一生見ると心に決めていた。中途半端で放り出して傷つくのはスーリヤだ。オリエ一人で三歳児と一対一で生活するのはかなりの困難が予想されたが、無責任な真似だけはしたくなかった。

「スーリヤの連絡先の一番目はお前だが、二番目は俺だ。そして、保護局員は俺たち二人にスーリヤを託した。なにより俺はスーリヤの人生にかかわるつもりでここにいる」

押しかけ狼女房は、オリエの家に居座った。

当然のように、オリエと一緒にスーリヤの面倒を見た。

トキジはスーリヤとも上手に付き合っていて、子供特有の「どうして？」という質問攻めにも「それはな……」と丁寧に応対し、「ときじのしっぽ、どうしてふわふわしっぽ？すーりやのしっぽ、つやつやしっぽ。ときじも、つやつやしっぽにしよ？」と理不尽に尻尾の毛を毟《むし》られても文句も言わず我慢していた。思わずオリエが「そいつの尻尾を毟っても、つやつやにならないぞ」と助け船を出すこともあり、そのおかげで、子供との距離感を計りかねていたオリエも自然に会話に入ることができた。

トキジは、鬣《たてがみ》を枕《まくら》にされたり、胸の飾り毛で暖を取られたり、胸筋をもみもみされたり、尻尾を無限にもふもふされたり……といったスーリヤのじゃれてくる行動にも根気よく相手をしていた。

床に座ったスーリヤとトキジが遊んでいる姿を見ると、「俺の家が急に所帯染みてきた……」と思うと同時に、寝に帰るだけの家がなんだか明るくなった気がした。自分以外の笑い声や話し声が響くと心地好くて、見るものすべて、いつもと同じなのにいつもと違った景色に見えて、その雰囲気がわりと好きだった。

スーリヤは、どうやら人懐っこい性格らしい。同時に、オリエとトキジがどこまで許してくれるか無意識で試しているようにも思えた。まるで里親と里子の関係だ。

スーリヤがいままで喋らなかったのは、オリエとトキジ以外の人がたくさんいて、緊張して、怖かったから、らしい。

「おはなししたくない人とは、おはなししない」

……とも言っていたから、好き嫌いがはっきりしているのかもしれないし、大人の表情や声音、態度、気持ちをしっかりと見極めているのかもしれない。スーリヤと話すうちに、たどたどしい説明からも、そういった事情や、人となりがなんとなく分かった。

初日の午前中は、三人で出かけた。近所のグロサリーでスーリヤに必要な物を購入し、三人分の食器や生活用品を買い足した。ついでに、スーリヤの欲しそうにしている物を細々と買った。

帰宅後は、朝食の時にトキジが買ってきたアップルパイを食べて休憩した。

スーリヤは三歳児程度だが、オリエとトキジは一般的な三歳児がどんな生活をするのか知らない。そこはネットで調べたり、保護局員がメールで送ってきた保護児童への接し方を確認しながら行った。

元々、二人とも未成年者を相手にする仕事だ。そのための講習や研修を受け、関連する法律を頭に叩き込み、資格を取得し、常に情報が最新の状態をキープできるよう勉強しているから多少の知識はある。

知識はあるが……。

「もう！　かわいがるのだめ！」

「…………だめか……」

スーリヤに可愛《かわい》い声で叱《しか》られて、オリエはしょぼくれた。

知識ばかり詰め込んだオリエは仕事以外で子供と接したことがない。子供の保護の仕方はとびきり優秀だったが、可愛がり方は下手だった。

あれこれとしてやりたくて、スーリヤをめちゃくちゃに可愛がりすぎて、構い倒しまくった結果、叱られてしまった。

オリエが項垂《うなだ》れていると、トキジが「スーリヤはあんなことを言っているが、その実、お前に構い倒されて嬉しそうだぞ。尻尾がびたんびたんと床を叩いている」とオリエに耳打ちして教えてくれた。

ちらりとオリエがスーリヤの尻尾を見やると、尻尾が今日一番元気だった。

「あと、お前の可愛がり方は、お前の兄姉殿によく似ているから気をつけろ」

トキジはそれも指摘してくれた。

「……マジで、兄貴と姉貴に似てたか？」

「ああ。過保護で溺愛《できあい》する感じ、スーリヤが立ち上がっただけでも感心したり、声をかけたり、積み木を一つ重ねただけでも拍手したり……。食事をたくさん食べられたらこの世の春のごとく褒めちぎり、水を飲んだだけで上手に飲めたな〜と抱きしめる。……こう言うとなんだが、雰囲気がそっくりだ」

「………………」

「すまん。ハッキリ言いすぎたか？」

「いまさらだろ。お前に気を遣われて遠回しにやんわり指摘されたらそっちのほうが傷つく。ハッキリ言ってくれて助かった」

「いまのところ、スーリヤはそのぜんぶが嬉しそうだからそのままでいいんじゃないか？」

「いいのか？　この……その……その……」

「……愛し方？」

「そう、その……あいし、かたで……」

この愛し方は、兄と姉に似ていて、鬱陶《うっとう》しいのではなかろうか。

「構いすぎたら、スーリヤはさっきのように言葉で示すだろう。それに、尻尾は素直に反応している。目安にするといい。あの尻尾は、獣人の尻尾と同じように本能で動く」

「分かった」

頷いたものの、オリエは唇を噛み、思案する。

愛し方は、加減が分からない。参考事例が兄姉だけだから似てしまったのだと思いたいが、もし自分自身もそういう気質なら、気をつけなくてはいけない。

「お前の愛情表現が行き過ぎていたらそれとなく伝える」

オリエの様子から察したのか、トキジがそう申し出てくれた。

「そうしてくれ。助かる。……あー……あとな……」

「なんだ。歯切れの悪い」

「巻き込んで、悪い」

「……俺は巻き込まれてたのか？」

「状況的に考えれば、そうだ」

成り行きとはいえ、オリエにスーリヤを預けて問題ないと保護局が判断したのは、オリエとトキジ、双方の実家のネームバリューがあったからであり、一人暮らしではなく二人暮らしだと判断されたからだ。

「……たぶん、俺一人だったら説得力がなかった」

「俺は、巻き込まれたのではなく、自分から顔を突っ込んだつもりでいたが？」

なにせこちらは押しかけ狼女房だ。

トキジは片目を細めて笑った。

俺とお前の間に詫びは不要だと言わんばかりの仕草に、オリエは救われる。

救われるが、トキジが本気でオリエとの結婚に意欲的だという問題が脳裏にちらつく。

また改めて話し合う必要があるが、結婚は急ぎの案件ではないので後回しにした。

「……おりえ、ときじ……」

スーリヤは、時折、心苦しそうな表情をすることがあった。

なにか伝えるでもなく、聞いてほしがるでもなく、二人の傍《そば》にやってきて、口を閉ざす。

二人ともその変化を見逃さず、「この行動は面談日に行政や福祉に伝えるべき事柄だ。だが、昨日今日から一緒に暮らしている自分たちがいきなりその表情について踏み込むのは早い。もうすこし信頼関係を築いてからだしばらくは様子を見て見守ろう」と相談していた。

「まるで新婚夫婦の初めての子育てだな」

トキジは、人外の三歳児も食べられる夕飯の献立を携帯端末で調べながら、面映《おもは》ゆい表情でそう漏らした。

「手探りながらもスーリヤの本当の親の気持ちでやっていこう……って？」

「そうだ。これは、じっくりと腰を据えて向き合う必要がある事柄だ」

「会社の奴らから、長いこと休暇をとってないから溜まってる分ぜんぶ消化しろって言われてるし、それもいいかもな」

「仕事人間の口からそんな言葉が出るとはな」

トキジは驚きを隠さず「良いことだ」と褒めた。

オリエの気持ちをそうさせたのは、スーリヤだ。

「……おにいちゃん、あしたも、あさっても、ずっとおやすみして……」

スーリヤがそう望んだからだ。

生まれたての雛のようなスーリヤは、トキジとオリエが話す間も、トキジとオリエの足の間に挟まって遊んでいる。二人の体温がある場所が落ち着くのだ。

そんな姿を見せられたら、オリエも「そうだよな、明日も明後日《あさって》もずっとおやすみがいいよな」と思わず口走っていたし、一度でも口に出したことは守るのがオリエだ。

「おにいちゃん……あした、おしごといかない？」

「ああ、行かない」

「おにいちゃん、スーリヤとあそぶ？」

「遊ぶぞ。メシも食うし、おでかけもするし、なんでも一緒にしような」

「……スーリヤ、くっつく」

言いながらオリエの足に両腕を回し、足の甲に小さなお尻《しり》を乗せてコアラのあかちゃんのように、ぴっとり、くっつく。

「しょ、しょうがねぇな……」

オリエもまんざらではなかった。

「…………」

その様子に、トキジは「オリエの奴、めろめろになってんな……。いままで十八人兄弟の末っ子で、一度もおにちゃんって呼ばれたことがないから内心めちゃくちゃ嬉しいんだろうな……」とオリエの心中を察し、夕飯の支度のためにキッチンへ向かった。

「オリエ、あるく。スーリヤ、このままいっしょ」

「ぐるぐる部屋のなかを歩くだけでいいのか？」

「うん」

「落ちるなよ。しっかりくっついてろ」

コアラのあかんぼうを足の甲に乗せたオリエが部屋をぐるぐる歩く。時には足を持ち上げてみたり、ゆっくり揺らしてみたり、スーリヤが落ちそうになれば慌てて両腕で抱き上げる。親でありつつも年の離れた兄でもあるように、なにをすればスーリヤが己の状況に苦しまず笑顔になれるかだけを考えて行動した。

「……っ！」

二人のやりとりを微笑《ほほえ》ましくて見つめていたトキジがキッチンの戸棚に頭をぶつけた。

大きな物音にオリエとスーリヤがキッチンを覗き込み、「なに？　なに？」「でっかい狼が棚にぶつかった音だ。だいじょうぶ。こわい音じゃない」「でっかいおおかみ、ごつん……」「そうそう、でっかい狼ごつんだ。よしよし、しに行こう」「……よしよし？」「こうやって、痛いところ撫《な》でて、よしよしだ」とスーリヤの頭を撫でながらオリエがトキジに歩み寄る。

オリエは「戸棚は無事か？」と口では言いながらも、トキジの頭をスーリヤと二人で撫でた。スーリヤの腕が届くようにトキジが腰と膝を極限まで曲げる姿に、「腰痛には気をつけろよ、奥さん」とオリエが笑い、続けて、「押しかけ女房のトキジが奥さんなら、俺がトキジの旦那《だんな》になるのか？　いや、でも、スーリヤはおにいちゃんって呼ぶしな。……ややこしいな」と、この関係性に苦笑した。

＊

オリエの自宅は、完全に人間仕様だ。獣人から見れば出入り口は狭いし、天井も低いし、バスルームも狭いし、作り付けのクローゼットやキッチンの棚の位置も低すぎる。そもそも家具がすべて大型獣人には小さすぎる。

それらすべてに馴染《なじ》みがないトキジは、四六時中、膝や肩、頭をぶつけていた。

「空間認識能力も高いし、運動神経もいいのに、……なんでそんなにしょっちゅうぶつけるんだ？」

オリエが不思議がって尋ねると、「お前とスーリヤが一緒にいる姿を見ていたら、つい……」という答えが返ってきた。

よそ見していてぶつかるらしい。

ほかにも、バスルームでシャワーヘッドより高い位置に頭があったり、一着のサイズが大きいからクローゼットの床にズボンの裾《すそ》を引きずってしまったり、玄関を出入りするたびに体を斜めにしないと入れなかったりする。キッチンでは、中腰どころか腰を九十度近く曲げなくてはならないし、オリエが普段使っているソファベッドで眠ると壊れることが明白なので床で寝るしかない。

日常生活のすべてが不便で、窮屈な思いをしているのに、トキジは文句ひとつ言わなかった。

スーリヤが来た翌日、オリエは大掃除をした。

スーリヤとトキジがまだ寝ている早朝、なんでも揃うグロサリーで掃除道具や日用品を仕入れてきた。

ついでに買ってきた朝食はアップルパイだ。

「毎日アップルパイでいいのか？　昨日も食っただろ？」

「……これね、道でね、おいしそうなにおいと、きれいなあみあみと、おはながあったの」

「あみあみ……ああ、パイの表面か」

アップルパイには、パイ生地を編んだ飾りとパイ生地で作った花が飾られている。

スーリヤの皿に編み目の一番整ったアップルパイを一切れ乗せ、そのうえにジャムで艶《つや》出《だ》しされた花を置く。たったそれだけのことで、ほんの数秒前まで両足と尻尾をぱたぱたさせていたがスーリヤが泣いた。

「うれしくて、ないちゃうの……」

悲しくないの。

うれしいの。

スーリヤが大きな瞳で泣きながらアップルパイを頬張《ほおば》るから、スーリヤの左右に座っていたトキジとオリエまで涙が出そうになった。

人間用のカウンターに三人並んで、……トキジは体が半分くらい横に飛び出ていたが、それでも、三人並んで食べたアップルパイは、いままで食べたアップルパイと同じなのに、いままでよりもずっと美味《おい》しい気がした。

「スーリヤ、夢見てたの……あっぷるぱい……いっぱい……」

「そうか、夢見てたのか」

トキジはスーリヤの頬のパイ屑《くず》をつまんで食べる。

「おにいちゃんのほっぺも、とってあげて」

くすぐったげに首を竦めるスーリヤのおねだりだ。

トキジはスーリヤの頭越しに腕を伸ばし、パイ屑のついていないオリエの頬を指の腹で撫で、「これでいいか？」と尋ねる。

「うん。おにいちゃんとスーリヤ、おそろい」

同じことをしてもらったら、うれしい。

うれしい、うれしい、うれしい。

その気持ちが溢《あふ》れて、尻尾と足がぱたぱた揺れる。

そんな調子で、朝食をたっぷり一時間かけて食べた。これまでのように無心で詰め込むだけの食事とは違って、会話を楽しんだり、味の感想を述べたり、スーリヤの世話で慌ただしかったり、子供がいるとテーブルを拭《ふ》く回数が増えるからテーブル用のダスターを買わないと……と考えるうちに仕事のことをすっかり忘れて、一時間が経つのがあっという間だった。

それはトキジも同じだったようで、「久々に食事を楽しむということをした気がする」としみじみと頷いていた。

食事を終えれば、トキジとスーリヤはバイクを出し入れする道路側のシャッターを上げて、ひなたぼっこを始めた。スーリヤはトキジの膝に座らせてもらい、ふかふかの鬣に埋もれて目を細め、全身をブランケットでぐるぐる巻きにされたうえから、さらにトキジの上着で包んでもらっている。

保護局員からの情報によると、スーリヤは蛇科の人外のようで、寒さに弱いらしい。真冬のいまの時期は、誰かにぴったりくっついているくらいで体温調節が丁度のようだ。

二人が太陽に干されている間に、オリエは部屋の改造を始めた。だだっぴろいだけのワンフロアにパーティションを置き、ロールアップカーテンを天井から吊るす。

そこまで出来上がると、昨日のうちにネット通販で頼んでいた家具や家財が到着したので、トキジと一緒にそれを室内へ運び入れた。

「スーリヤも、おてつだい」

「じゃあ、こっちの、ここを持って、そうそう……それをぐるぐるまとめてくれ」

梱包《こんぽう》用に使われていたビニールテープを剝《は》がして、スーリヤに渡す。

ゴミを小さくまとめてもらっている間に、家具を組み立て、トキジと相談しながら配置していく。日が暮れる頃にはなんとかサマになってきて、食事をするところ、団欒《だんらん》するところ、眠るところを分けられた。

玄関を入ってすぐはＬＤＫにして、パーティションで仕切った奥をさらにロールアップカーテンで二分割して個室風にした。オリエのソファベッドは相変わらずリビングにあるし、バイクは片隅に追いやられてしまったが、満足のいく形に仕上がった。

「ところで、ここ、このスペースはなんだ？」

「ここ、おへや？　なんのおへや？」

「お前とスーリヤの寝床」

二人の質問にオリエが答えた。

一緒に暮らすなら、二人のパーソナルスペースや寝床が必要だ。

人外の幼児と狼獣人が落ち着ける空間があれば、それだけ生活にも早く馴染めるだろうし、ストレスも少なくなるはずだ。

仕事用のＰＣや電子機器を使う必要から、トキジの部屋はコンセントがある右の壁際にした。キッチンやバスルームにも近いし、周りに気遣う必要なく出入りできるし、獣人用のベッドを置いたから足を伸ばしてゆっくり眠れるはずだ。壁や板ではなく、布で部屋を仕切ったので、肩や膝、頭をぶつける心配もない。

スーリヤの部屋は、ホームストアで売っている人外の子供用の小さな巣穴セットを設置した。明かり取りの小窓の下に置いたから、昼はお日様ぽかぽか、夜はお月様が見える。毛布と枕も巣穴に入れたので、いつでも包《くる》まってぬくぬくできる。スーリヤはふわふわに埋もれるのが好きみたいだから、やわらかいぬいぐるみやクッションで囲んでおけば安心できるだろう。

それに、こうして個室風にしておけば、夜中にオリエの夢見で二人を起こす可能性も低くなる。スーリヤは子供だし、トキジも不規則な生活だ。睡眠の質はできるだけ良いものを提供したい。この家の主《あるじ》として最低限それくらいは保障したかった。

「いちおう、それぞれの特性を鑑《かんが》みて作ったつもりだ。右がトキジの巣穴で、左がスーリヤの寝床な。生活しながらカスタムしていこう。あとは、風呂場にもうひとつ高い位置にシャワーフックをつけるから、そしたら頭をぶつけることもないだろ。……どうした、二人とも」

トキジとスーリヤはお互いを抱きしめあったまま立ち尽くし、茫然《ぼうぜん》としている。

茫然としているが、二人ともばたばたうるさいくらい尻尾を振っていた。

「ときじ、……おにいちゃんが、おにいちゃんのおうちにスーリヤの寝るとこくれた」

「ああ。くれたな」

「ときじのおやすみするところもくれた」

「ああ、俺の部屋もある」

オリエの縄張りに、トキジとスーリヤの居場所をくれた。

うれしいね、うれしいな。二人は何度もその言葉を繰り返し、尻尾と尻尾でハイタッチしている。

「……？　よく分かんないけど、喜んでるならそれでいい」

純粋の獣人や人外の感性は、ほぼ人間のオリエとは異なり、よく分からない。

正直、そんなに喜ぶことか？　そもそも、家具を設置している時に気づかなかったのか？　そういえば、二人にはなにも説明せずに家の掃除と改装を始めたな……と、オリエは内心で首を傾げたが、二人が声にもならないほど大喜びしているので良しとした。

「おにいちゃん……」

スーリヤがトキジと一緒にオリエに近づき、おそるおそる、そっと、オリエの足にしがみつく。

「……どうした、スーリヤ？」

オリエが膝をついてしゃがみこむと、スーリヤはオリエの首に両手を回して、ぎゅっと抱きしめてくれた。

初めて、スーリヤが自分からオリエを抱きしめてくれた。

うれしいきもち。ありがとうのきもち。だいすきのきもち。しあわせなきもち。そういったものがぜんぶ詰まった愛らしい抱擁だった。

「ときじも、ぎゅってしたい」

「……コイツも？　お？　……ぉお……っ」

トキジを見上げるより先に、床に膝をついたトキジに抱きしめられた。

スーリヤごとひとまとめにぎゅっと抱擁されて、額をぐりぐりされて、頬ずりされて、尻尾がぐるりとオリエとスーリヤの体に回って、隙間《すきま》がないくらいぎゅうぎゅうになった。

力強くて、筋肉の分だけ温かくて、スーリヤが二人の間でかろやかな笑い声を上げて、トキジが喉《のど》をうるうる鳴らす。幸せな音がオリエの耳をくすぐり、二人分の温度がオリエの心の奥まで温めた。

「獣人は、スキンシップも愛情表現も派手って聞くけど本当にそうなんだな……」

「こんなものではない」

「………」

トキジが真顔でオリエを見つめるから、オリエはなぜだか目を逸《そ》らせなかった。

いつものように茶化したり、軽口を言い合う雰囲気ではなく、本気で狼という生き物はこういう生き物なのだとまっすぐ伝えてくる瞳だった。その瞳の訴えてくる気持ちの強さに呑《の》まれた。

驚いたり、嬉しかったりしても言葉を失くすけれど、こういう時も言葉を失くすのだとオリエは初めて知った。

＊

その日の夜、予知夢を見た。

自分の唸《うな》り声と頭痛で目を醒ましたオリエが最初にすることは、携帯電話で夢見た内容の音声メモをとり、家の外に出て調達屋に電話をかけ、備品の発注をかけることだ。

だが、その日は目を醒ますと、枕元にトキジが立っていた。大きな狼が眼を光らせて無言で立つ姿だけで、また起こしてしまったのだと察する。オリエが謝罪を口にするより先に、トキジは、録音アプリが立ち上がっている自分の携帯電話の画面をオリエの目線に掲げて、「話せ、こっちで録音しておく」と言った。

オリエが夢見た内容を話し終えると、「お前が使っている調達屋はウェイデとコウのところだな？　発送先はグリウム・クリーニングサービスカンパニーでいいな？」と確認して電話をかけ、必要なものを発注してくれた。

そのあとは、氷水で絞ったタオルで目元から額まで覆い隠し、ベッド際で静かに見守ってくれた。

　正直なところ、今夜の頭痛はそんなに酷《ひど》くなかったからすべて自分でできたのだが、オリエが動く前にトキジがしてくれたので、オリエはベッドに横になったまま指先一本動かさずに済んだ。

「今日は前回よりマシだ。でもたぶん、あと一時間くらいは寝つけないから、自分のところに戻って寝てくれ」

「いつもそうか？」

　声を潜めたトキジが問うてきた。

「あー……まぁ、だいたい、こんなもんだ」

「月に何度くらい夢を見る？」

「仕事が詰まってたら、毎日の時もある。抱えてる案件が一つでも、必要な物が一度の夢でぜんぶ出てくるわけじゃないから、小刻みに何日もかけて夢を見る時もあるし、一晩に五回くらいに分けて夢を見る時もある。……普通の人でも、毎晩数種類の夢を見る人はいるだろ？　そういう感じだ」

「夜だけか？」

「……昼寝の時でもある」

「生まれた時からずっとか？」

「……まぁ、そんな感じだ」

「睡眠は足りているのか」

「…………もしかして、お前は俺のことを心配してるのか」

オリエは口端をゆるめた。

共同生活では隠しごともできない。

オリエのこういう状況をたった一度目にしただけなのに、トキジは、オリエの症状に対する介抱や対処を完璧《かんぺき》に把握していた。このうえ、夢見についてさらに詳しく問うてきたのは心配からだろう。

「俺がお前にしてやりたいこと。それを考えて動くことはできるが、お前がどうしてほしいか、してほしくないかを確かめておきたい。夢見の前後だけではなく、日常生活においてもだ。夢見でそれだけ睡眠を阻害されたなら、お前の健康に差し障る」

「……お前は、俺の理解者だなぁ……」

オリエは素直な言葉を漏らす。

悪い癖がついてしまったかもしれない。目を閉じて、タオルで目隠しをされて、トキジがどんな顔をして、どんな表情をしているか分からないせいか、ついつい、心の防御がゆるんでしまう。

兄姉のようにオリエを過保護に守ろうとするのではなく、理解して寄り添おうとしてくれる。こういう男は、「昨日今日始まったことじゃないから放置してくれていい」とオリエが言っても従わないだろう。

「当分一緒にいるから、説明しておく。……一族でこの症状が出るのは俺だけだ。半分人間だから特異能力と体質の相性が悪い。医者に見せたところでどうにもならない」

オリエは初めて自分から自分の特異能力について他人に話した。

オリエの特異能力は、分かりやすい言葉で言えば予知夢だ。

主に、未来のことを夢見る。

ただし、夢見た内容を忘れないよう、直ちに記録する必要がある。どれほど体調が悪くても、どれだけ仕事で疲れていても、深く眠っていても、夢を見たら必ず目覚めるし、記録するために起床する必要がある。そのため、不眠症気味になるのは否めない。

もし夢の内容を忘れたら、仕事で失敗する確率が上がる。依頼主や保護対象である子供、もしかしたら自分の会社のスタッフの命取りになる。決して油断できない。

仕事や人生のすべてを夢見に頼っているわけではないが、夢を見た時は誰かが死ぬような大事故や大仕事に発展する時だ。断片的かつ感覚的で、言葉にしにくい曖昧《あいまい》な夢ばかりだが、決して外れない。夢を見ない時は、基本的な装備と作戦で事足りるから、そのあたりが危険度の判断基準になっているし、近頃は夢を見ない案件のほうが少なかった。

夢見のおかげで、会社にはいつも必要な武器が揃っているし、特殊なアイテムも必ず現場で役立つから、仕事を仕損じることがない。個人のほか、警察や軍隊からの注文もあるし、企業の下請けも行っている。

成功を積み重ねれば積み重ねるほど厄介な案件が舞い込んできて、ひっきりなしに仕事が嵩《かさ》むので、夢見の回数も多くなり、必然的に眠りが浅くなる。それが恒常的に続けば、耳鳴りと片頭痛と眩暈《めまい》でたまに寝込む。

予知夢を意識的に見ようと試みて見ることは可能だが、見ないようにすることはできない。

自分に関係する誰かの命の危機にかんすることだけ夢に見るらしいが、規則性がない。もしかしたらもっと大きな枠組みで捉《とら》えるべきことなのかもしれない。突き詰めて考えれば、自分が「助けたい、守りたい」と願った物事にまつわる予知夢を見ているようだが、幸いにも、オリエは仕事が一番大事で、助けたいと願うのは助けを求めている人で、守るべきは弱者だから、現状に不満はなかった。

誰かを守り助けるのに必要な夢以外は見たくなかったし、物心ついた時からそれ以外の夢を見たこともなかった。

「夢を見た時は一人でいたい。お前が傍にいると邪魔だ」

だから、毎回起きてこなくていい。

オリエに付き合ってこんなことをしていたらあっという間にトキジも体調を崩す。

オリエはトキジを追い払った。

「…………」

「……なぁ、邪魔だって俺は言ったんだ。デカい図体が近くにあると威圧感があって鬱陶しい。とっとと自分の寝床に戻れ」

トキジがちっとも動く気配がないので、オリエは寝返りを打って背中を向け、鬱陶しげに手で追い払う。

トキジは気を悪くしたふうでもなく、かといって、いつものようにケンカ腰で言い返してくるでもなく、勝手にオリエの寝床に入ってきた。

ぎしりと大きくベッドが軋《きし》んで、トキジの体重の分だけずしりと傾く。

「……壊れる」

「かもな」

「…………」

背中が温かい。

数分も経たないうちにトキジの寝転んでいる背中側全体が温かくなってきた。

壁際に詰め寄ろうにも、もう壁際ギリギリにいるから身動きができない。

トキジもトキジで尻尾の置き場に困っているらしく、狭い場所で、右へ左へ尻尾をうろうろさせてオリエの安眠と頭痛の邪魔をしないように気を遣っている。

一人にしろと言っているのに一人にしないくせに、変なところで気を遣う。

「お前の気の遣い方どうなってんだよ」

「お前を大事にするためなら、お前の意見を聞き入れない時もある」

「……なんだよそれ」

そんな強引さ、あってたまるか。

「お前を一人にするよりも、傍にいたほうがいいことは前回から学んだ」

「あぁもう……狭い……尻尾はここだ……」

オリエは自分の布団を半分トキジに分けてやり、尻尾を摑《つか》んで自分の太腿《ふともも》の間に挟み、腹から胸に回して抱き抱えた。

「……すまん」

「うるさい、寝ろ。尻尾は動かすな、くすぐったい」

ぞわぞわ、むずむずする。

強引な優しさなんか嫌いだ。どう対応していいか分からないから、嫌いだ。

嫌いになりたくないのに、嫌いだと言い張ってしまいそうになる。

オリエの無自覚ななにかが、じわじわと心のなかで「こういうのも悪くない。その、悪くないという気持ちに意識を傾けて、くすぐったさを楽しんで、まっすぐ向き合えば、きっと芽吹くものがある」と訴えかけてくる。

その正体に気づいていても、気づきたくない。

なぜ気づきたくないのか、その理由を時々忘れそうになる。

そういう時は、自分のなかで「なぜ特定の相手を作りたくないのか」を思い出して、冷静さを取り戻した。

「………」

背中越しに聞く狼の寝息に触発される胸の高鳴りは封じ込めるくせに、太腿や腰、腹、胸、首のあたりまで触れる尻尾に顔を埋《うず》め、面映ゆさを感じてしまう。自己矛盾に戸惑いながらも、あまりのふかふかに抗《あらが》えず、オリエはそのまま目を閉じた。


でも結局心臓がうるさすぎて眠れず、三十分もするとトキジの足もとからベッドを抜け出し、自分の巣穴ですやすやしているスーリヤを抱いてトキジのいるベッドに戻った。

スーリヤは本能で熱源を嗅《か》ぎ分けて熱の塊みたいなトキジの懐に潜り込んだ。

オリエは、トキジとの間にスーリヤを挟んでようやく眠れた。

翌朝、一番早く起きたスーリヤは朝から元気いっぱいで、「まほう！　起きたら違う巣穴にいた！」とおおはしゃぎでトキジの尻尾にじゃれていた。

狼の尻尾を抱き枕にして眠った夜、あのあと、もう一度、明け方に夢を見た。

この時の夢の内容はいつもとすこし違っていた。

夢がいくつも混在していて、合計三つ分の夢を見た。

一つ目の夢は、トキジの会社の夢だ。トキジの会社の防犯と防火のシステムが不具合を起こしているからそれを修理しろ、明日はトキジの会社を休みにして、出社は厳禁、会社に誰も出入りさせるな、という不思議な夢だった。

オリエより先に寝床から出て、スーリヤと散歩がてら朝食を調達してきたトキジに伝えると、トキジは疑うこともなく、「じゃあ、そうするか」と二つ返事でオリエの指示通りに動いた。

なんとなくその夢が気がかりで、オリエは自分の会社も、明日以降、社員全員を自宅勤務へ切り替えるよう命じた。契約しているセキュリティ会社と、自社のセキュリティ担当にも連絡を入れ、防犯防火システムが正常に作動しているか確認し、巡回を増やしてもらうよう頼んだ。

＊

残り二つの夢は、オリエ自身の仕事に必要そうな夢、これから依頼がくるであろう国軍が必要としているものの夢だ。立て続けに三つも夢を見たせいか、めまぐるしく巡る夢の記憶を整理することに頭を使いすぎたのか、疲労感に苛《さいな》まれた。

「いや、うちの社員は今日は定時で帰れ。明日以降は社屋へ近づくな。警備会社が確認に行く。立ち会いが必要なら俺がする」

　トキジが部下に電話で指示を出している。

　電話を切るとまた別のところへ電話をかけ、「……ウェイデか？　ああ、俺だ。東雲総合環境整備保障のトキジだ。調達を頼みたい」と話し始めた。

　ソファで横になっていたオリエはその声を聴きながら眉間《みけん》の皺《しわ》を揉《も》んだ。

　眩暈と吐き気がひどくて困っていたら、オリエを寝床に寝かせたトキジが手慣れた様子でオリエの仕事を引き受けてくれた。

　自社の防犯防火システムを確認し、オリエの夢の通り修理が必要だと発覚するなり業者に修理を依頼し、部下の安全を確保し、調達屋に電話をかけてオリエが夢見た物品を手配した。

　ものの数時間で調達屋が調達してきた物品を受け取り、三つの夢それぞれに仕分けし、まるでオリエ自身が行ったかのように完璧に采配《さいはい》した。同業なのだから、なにをどう采配すればいいかは分かるだろうが、トキジに自分の仕事を任せることをちっとも不安に感じていない自分がいた。

予知夢の通りに装備品が揃うと同時に、オリエはウェルム国軍の特務部隊司令官直通の電話に連絡を入れた。

「そちらに必要な物があるんだが、時間に都合をつけたほうがいい」

オリエの電話に、顔馴染みの特務少将が「今度はなにを夢見た……？」と尋ね返した。

これは、グリウム・クリーニングサービスカンパニーとしての仕事ではなく、オリエが個人で行っている慈善事業のようなものだ。こうしてあちこちに恩を売って、いざという時に子供の有利になる口利きをしてもらっている。

特務部隊は、イルミナシティ郊外の治安維持の任務に就いている。この国で、一、二を争う治安の悪い地域だ。

トキジにスーリヤを任せ、オリエがバイクで納品に行こうとすると、納品する地域を聞いた途端、トキジが当たり前のように車のキーを持ち「いざという時の盾代わりに使え」と問答無用でついてきた。

実際のところ、この地域は「カルトとセクトと有象無象のカルテルにどれだけ気をつけていても絶対にぶち当たるから生きることを諦《あきら》めながら歩け」と言われる不穏な地帯だ。そんな場所に、夢見が悪く顔色も最悪なオリエを単独で行かせるべきではないと判断したのだろう。

今日、スーリヤは、日中を保護局で、夕方からは託児所で過ごす。訳ありの子供も扱える特殊免許を所持する託児所で、ロクサーヌという女性が運営している。託児所に行くのは、同年代とかかわりを持たせ、スーリヤが自分の正体について思い出すきっかけになればと……という保護局側の意向でもある。

保護者のいない未成年者で、しかも人外。その扱いは繊細さが求められる。定期的な面談やカウンセリング、健康診断は必須《ひっす》で、今日は保護局員が立ち会いのもと、それらが行われる予定だった。

オリエやトキジはスーリヤに同伴できない。それには理由があった。面倒を見ている立場の者がスーリヤに対して心身への暴行を加えていた場合、面談にまでついてこられるとスーリヤが本心を話せないからだ。面談している部屋の外に危害を加える者がいて、自分が喋ったことを聞かれてしまったら……。それに怯《おび》えて口を噤《つぐ》む子供は多い。

オリエとトキジに後ろ暗いところはないので、それが子供を守るために定められたルールならば従った。

そして、保護局は、オリエやトキジがルールに則《のっと》って行動するか、反するか、それらを事細かく記録していた。実に些細《ささい》なこと……、たとえば、今日のように保護局員にスーリヤを引き渡す約束の時間をきっちり守れているか、約束を忘れていないか、そうしたことも記録していた。その記録が良好であればあるほど、もし、今後、オリエかトキジがスーリヤの養い親になる場合、そうしたルールを守っている者だと証明できるし、行政に対する心象も良くなる。

東雲とアウグリウムの名前と権力を出せばそうした手間は不要なのかもしれないが、こうしたことにこそ誠実に向き合い、後々、第三者から突かれても痛くないよう公明正大に努めた。

午前中の約束の時間、オリエとトキジは涙を呑んでスーリヤと暫《しば》しの別れを惜しんだ。

「やだぁ……いっしょ……さんにんいっしょがぃいいい～～」

オリエの家の玄関先で保護局員に引き渡す際、こちらが涙を誘われるほどスーリヤが泣いた。

オリエの上着を着せて、トキジの使っていたブランケットに包んで保護局の車に乗せると、「すーりゃ……がんばるね……おむかえ、すぐ来てね……」とぐずりながらも出かけてくれた。

スーリヤの傍には護衛が二人ついた。

オリエとトキジの私費で雇った護衛業だ。アオシとナツカゲという二人組で、その筋では信頼のおける男たちだから安心していた。

「よう、少将殿、……お待ちかねの神様からの予言だ、感謝して受け取れ」

スーリヤを見送ったあと、オリエは国軍基地を訪れた。

「おう、掃除屋。……今日はまたでっかいお供連れてんなぁ」

口髭《くちひげ》の特務少将は、オリエたちを歓迎した。

「荷物持ちだ」

特務少将の執務室に入ったオリエは背後のトキジを見上げる。

トキジはアンプルに入ったカンフル剤を2ダース持っていた。

「掃除屋の神様、今回のお告げはそれか？」

「ああ。カンフル剤が2ダースだ」

このカンフル剤は、その名の通り樟脳《しょうのう》を使ったカンフル剤ではなく、興奮剤の類《たぐい》だ。戦闘型の大型獣人の軍人などが戦地で利用する。一般には流通していないが、違法合法含めて安価な模倣品が星の数ほど売られているし、一般人が少量で服用すると媚薬《びやく》になるらしく、クラブなどではバーテンダーやフロアスタッフに頼めばすぐに手に入った。

「掃除屋、一般に流通していない官品をどうやって入手したんだ？　しかもこれは、軍の正規品だぞ」

「企業秘密」

「藪蛇《やぶへび》か、深くは訊《き》くまい。……では、ありがたく受け取ろう。今回、支払いは……」

「不要だ。また近々世話になることもある」

「しかし……カンフル剤か……どの場面で使うんだ？」

「知らない。でも、これは高額かつ厳重に取り扱われる軍の備品であり、取り扱いも厄介だ。破損したり紛失すれば始末書問題になる。今日の任務と前後して、なにかの理由でこれを割る奴がいて、それが原因で作戦任務中に殉職者が三名出る。その後、派閥争いに発展し、最初にこれを割った奴が責任を感じて自殺する」

「なら、このカンフル剤はないほうがいいんじゃないか？」

「割れるのは、俺たちが持ってきたコレじゃない。元々この基地で保管されているほうだ。こっちは、割れた時に誤魔化《ごまか》す用」

「なるほど。割れた物が割れていなければ、殉職者も内輪揉めも自殺者も出ない、と……」

「そういうことになる」

「分かった。では、それは俺が保管しておこう。……それより、掃除屋、お前、これから暇か？　ちょっとうちで仮眠をとって、うちの作戦に外部分析官の名前で参加を……」

「飲みに誘う気楽さで殉職者が三名も出る可能性のあるカルテル突入作戦に参加させられてたまるか」

「…………」

　オリエがぽろりと漏らした言葉で少将の顔が引き攣《つ》った。

　突入作戦だと話していないのに言い当てたからだ。この少将とは付き合いが長いが、オリエがふとしたことで核心を突く発言をするので、出会ったばかりの頃は「お前、もしかして裏で悪党と繋がってるんじゃなかろうな？」と疑われたこともある。

いまでこそ信頼されているが、それでも、オリエのこれは気味が悪いのだろう。

「俺がその突入作戦に参加しなくても、カンフル剤さえあれば成功する。安心しろ」

うっすらと記憶に残る夢の断片を繋ぎ合わせて説明していく。

そのたび、吐き気と頭痛が増していくが、そうした不快感が増せば増すほど夢見の精度が上がっていくのも確かだ。

「俺からのご宣託は以上だ。……精々俺たち市民のために治安維持に勤しんでくれ、少将殿」

用件は済んだ。トキジを伴い、オリエは執務室を後にする。

基地内の狭い廊下を歩く道中、「今日は助かった」と礼を述べ、手持ちの現金をトキジの服の胸元へ押し込んだ。その胸がふかふかで、チッペンデールショーのダンサーにおひねりを渡した気分になったが、同業相手にそんな想像してしまった自分が破廉恥すぎて、セクハラをしてしまったような気持ちになったが、かろうじて顔には出さずに済んだ。

「荷物運びでこの金額は困るな」

「適正な報酬だ」

オリエの具合が悪い時の介抱、夢見の記録、品物の手配、納品、すべてトキジに助けてもらったおかげで、俺はすごく楽ができて助かった。だからその金額だ。……と皆まで説明はしなかったが、オリエが「ありがとう」と感謝して頭を下げるよりも現金で具体的に感謝をかたちにしたほうがトキジに誠意が伝わると思った。言葉なんていくらでも感謝を言えるけれど、目に見えるかたちの金銭は裏切らない。

「感謝はしてる。でも、俺の個人的な行動についてくるのは今日でやめろ」

「なぜだ?」

「お前になにかあったら責任が持てない」

「俺の人生に責任を持ってくれるつもりか?」

「……ばっ、か……言うな。……ちがう。……ただ、怪我させたら可哀想《かわいそう》だろ。こっちのやりたいことに巻き込んで、東雲の社長を……、そう! 大勢社員を抱えている大黒柱を危険な奴の傍に置いておきたいって思う部下がいるか? 俺は、お前の部下のことも考えてそう言ってやってんだよ」

「俺はお前に随分と大事に想われているようだ」

「お前、自信家だな……。……あぁ、軍医殿、お久しぶりです」

オリエは、対面から歩いてくる軍医に挨拶《あいさつ》した。

「やぁ、久しぶりだね、オリエ君」

背後に医官を引き連れた軍医がオリエに挨拶を返す。その手には小さな紙箱二つを大事そうに持っている。

「奥さんと息子さんは元気ですか？　先日は寄付をありがとうございます。子供たちも喜んでいました」

「いやいや、私も家内も、息子のことで君に世話になったからね」

「三年も前の話ですよ」

「もうそんな前になるのか……いやはや、時の流れは速い。それより君、相変わらず顔色が悪いよ。無理はしていないかい？　根を詰めちゃいけないよ、おっ……わ、ぁ!?」

笑顔でオリエに歩み寄った軍医が、突然なにもないところで躓《つまず》いた。

軍医が転ぶ寸前でオリエがその体を支えたが、軍医の手から小箱が滑り落ち、廊下の壁に当たった。紙の小箱から飛び出たいくつものガラス瓶が割れ、無色透明の液体と砕けたガラスの破片がキラキラと降り注ぐ。

「きれーだなぁ」

ぼんやりそんなことを考えつつ、トキジの肩越しにそれを眺めた。そんな感想を抱く余裕があったのは、トキジがオリエを守るように自分の懐に抱き寄せ、薬液の直撃を免れたからだ。

「おい、問題ないか？」

「口の中にちょっと入った。そっちは？」

狼の懐に囲われたままトキジに問われ、オリエは答える。

「頭から浴びた」

トキジはぶるっと犬のように頭を振って雫《しずく》を払う。

「……すまない……」

軍医はまずオリエとトキジに詫びたが、なぜか、自分の口と鼻を袖口で覆った軍医と医官が後ずさり、オリエとトキジから随分と距離を取る。

「軍医殿？」

「これはなんの薬液だ？　消毒液にしては無味無臭だが……」

「それが、……いや、説明の前にシャワーを……と言いたいところなんだが……」

軍医がとても申し訳なさそうに、「作戦開始を控えている現在、シャワーの設置されている区角内への民間人の立ち入りは禁止されているんだ。軍本部のシャワーを使ってもらおうにも君たちをそこまで送り届ける時間的余裕も人的余裕もない。真冬に冷水でよければ駐車場の水道を……。もしくは、急いで家に帰るか、近場のモーテルに入って洗い流してくれ」と引き攣った表情で言った。

そして、もっと申し訳なさそうに、それでいて弁明するための早口で、「……中和剤は渡すが、管理と在庫の都合上、消費期限切れ間近の処分予定品になる。安心してほしい、品質に問題はない。ただ、その薬液は獣人用かつ即効性が高い。人間の口に入った場合、少量でも、ちょっと、いや、かなり……興奮度合いが……酷い……。あと、揮発性もあるし、浴びただけの者にも多少作用する」とオリエとトキジから数メートル以上離れた安全地帯から付け加えた。

「つまりこれは……、カンフル剤？」

「はい。それも、約2ダース分が君たちに降り注ぎました」

オリエとトキジは中指を立てそうになった。

同時に、この愛妻家で愛息家かつオリエのことも気遣ってくれる心優しい軍医殿が自殺する未来にならずに済んで喜んだ。

＊

郊外の道路沿いのモーテルに入った。

軍の基地内で直ちに中和剤を飲み、モーテルに入るなり大急ぎでシャワーを浴びた。部屋はひとつしか空いておらず、有無を言わせずトキジの手でオリエが先にバスルームへ放り込まれた。

烏《からす》の行水で出たオリエは下着とズボンだけを身に着けて部屋に戻った。上着とその下に着ていたシャツにも薬液が染みていたからシャワーついでに水洗いをした。帰るまで干しておけば、シャツは着られる程度に乾くはずだ。

中和剤が功を奏したらしく、いまのところ体調に変化はない。オリエと交代でバスルームに入ったトキジも平生と同じで、「迷惑料を請求してやる」というオリエの言葉に「吹っかけてやれ」と笑って返してくる余裕さえあった。

トキジがシャワーを浴びている間に、オリエは携帯電話でスーリヤに連絡を入れた。電話の向こうのスーリヤがにこにこ笑って手を振るから、オリエもカメラ越しに手を振り返す。

「スーリヤ、元気か？」

「おむかえまだ？」

「ごめんな。あと一時間半くらいしたら会えるよ」

「……いちじかんはんってどんなの」

「一分が九十回……って言っても分かりにくいよな？」

「わかんない……」

「検査が長引いてるって保護局の人が言ってたから、スーリヤが保護局のウサギのお耳のおねえさんとお話しして、託児所でロクサーヌっていうおねえさんやお友達と遊んで、お日様がトキジの毛皮と同じ色になった頃にオリエとトキジがおむかえに到着するよ」

「………」

スーリヤは無言で唇を尖《とが》らせ、拗《す》ねた顔を見せる。

後ろにいたウサギ耳の保護局員が「まぁ、グリウムさんにはこんなかわいいお顔を見せるのね」とオリエとの打ち解けように感嘆の声を上げた。

「スーリヤは今日たくさん頑張ってるんだって？　保護局の人と、護衛業のおにいさんたちから聞いたぞ」

「あおしくんに、かたぐるましてもらったよ。なっちゃんは、ちょっとだけ、ときじと似てたよ」

護衛業の強面《こわもて》二人は、アオシ君となっちゃんと呼ばれているらしい。

その呼びかけに応答する二人を想像して、オリエは頬をゆるませた。

「そうか、なっちゃんはトキジと似てたか。……どこが似てた？」

「ふわふわのとこ」

「なっちゃんも狼だからなぁ」

「スーリヤ、アップルパイたべたい」

「今朝も食べたけど……まぁいいか、スーリヤ頑張ってるもんな。家に帰ったら食べような」

「オリエと、トキジと、スーリヤ、さんにんでたべたい」

「じゃあ、晩ご飯のあとだ。……でも、一切れだけだからな？」

「いっこだけ？」

「そう、一個だけ」

「ぎゅうにゅうも飲んでいい？」

「いいよ。冷たいのはやめとこう。あったかいのにしよう」

「オリエものむ？」

「オリエはあったかい牛乳は苦手だな」

「トキジは？」

「……トキジは、どうだろうなぁ。分からないなぁ……」

トキジの苦手な飲み物や食べ物を知らない。

スーリヤと話しながら、そんなことも知らない男にときめいていたとは、なんて滑稽《こっけい》だと自嘲《じちょう》する。トキジという一人の生き物を、自分の都合のいいようにしか見ていない証拠だ。仕事上で便利な男で、自分が困っている時に助けてくれる男だとしか見ていないのだと自分の身勝手さを思い知る。

トキジ本人のことが気に入っているなら、……もし、結婚したいと思う相手なら、きっと、そういう些細なことを知りたがっているはずだ。そして、その小さなことを、ひとつひとつ知っていくことに喜びや幸せを感じるはずだ。

それがないということは、つまり、そういうことなのだろう。

「オリエ、おはなしして」

「ああ、ごめん。……ちょっと考えごとしてた」

「かんがえるの？」

「俺、トキジの好きなものも、嫌いなものも知らないんだ。……それでいいはずなのに、そんな自分がちょっといやだった」

「じゃあね、なにが好き？　って訊いたらいいよ」

「そっか、訊けばいいんだな」

「うん！」

「訊く時、一緒に訊いてくれるか？」

「いいよ！　いっしょ！」

「うん、いっしょだ」

他愛《たわい》もない話をして、スーリヤの笑顔や笑い声に癒《いや》される。

傍にいた護衛業の二人と相互の状況を報告し、通話を終えた。

一息ついて、ふとバスルームの扉を見やり、異様に静かなことに気づいた。

「……おい、東雲総合環境整備保障、……大丈夫か？」

扉をノックして、声をかける。

狼の毛皮の奥に薬液が染みていて、それを洗い流すのに時間がかかっているのかもしれない。具合を悪くしているとは思いたくないが、軍用の興奮剤は使い方によっては強心剤にもなるし、治療にも使えるが、悪用すればカクテルドラッグや媚薬の代替品にもなり、用法用量、体調や体質次第では、悪く作用する場合もある。

「おい、東雲、……東雲っ……！」

大声で呼んでも返事がない。

ドアノブに手をかけ、「入るぞ！」と声をかけると、そこでようやく「入ってくるな。大丈夫だ」と返事があった。声色に深刻な気配はないが、なにかあってからでは遅い。オリエは鍵《かぎ》のないドアを開いて押し入った。

「……なにやってんだ？」

ドアを開けた途端、熱い湿気と真っ白の湯気がオリエのほうに流れ出た。

トキジはバスタブのふちに腰かけ、サウナのような熱に包まれるという苦行に耐えている。

「代謝をあげて、とっとと汗をかいてしまおうと……」

「それでのぼせてんのかよ」

熱気でのぼせたトキジは、それでもなお熱いシャワーを浴び続けている。

「なんでそんなバカな真似してんだ。……ほら、水にしろ」

バスタブのふちに手をかけてトキジの横から身を乗り出し、シャワーを冷水に変える。

「万が一、お前に危害を加えるようなことになったら……」

「…………俺か」

俺のためか。

そんな細かいところまで気を遣うのか、この男は……。

そんなにも俺のことを大事に想っているのか。

そう思ったら、嬉しいやらなにやらで頰がゆるみそうになった。オリエは慌てて表情筋を引き締めて、「もう出ろ、体に悪い」とトキジをバスルームから引っ張り出した。

＊

興奮剤は時間差で二人を襲った。

中途半端な量のせいか、中和剤の効果か、時折、二人に冷静さを取り戻させ、「やめなくてはならない」と考えさせたかと思えば、熱に浮かされたように正常性を奪い去った。

問題は、これが二人同時にやってこないことだ。二人同時ならば止められたのに、止められなかった。

最初、冷静さを保っていたトキジがずっと我慢していた。

オリエも甘く勃起《ぼっき》している程度で、まだ理性が残っていた。

二人とも服を着た状態で三十分ほど過ごし、「これ、あと一時間くらいでスーリヤのところに戻れるのか？」「分からん」「この状態で帰ったら、保護局員にバレるよな」「バレる」「なんとかして薬を抜かないと……」「ああ」「な……んか、熱い」「息が乱れる」「勃《た》ってきた」「……同じく」と互いの状況を報告し合い、ベッドヘッドに背中を預けて見もしないテレビを見つめ、なにか異変があれば救急に連絡すると話し合い、とにかく事態が収まるのを待った。

それぞれベッドルームとバスルームに分かれて待機しなかったのは、二人とも互いを信頼していたということと、万が一の時に傍にいたほうが互いの異変に気づくことができるからだ。トキジは、特に稀少《きしょう》性の高い人外であるオリエを慮《おもんぱか》っていたし、両者ともに男の意地なのかは分からないが、「俺は理性を失わない」「奇遇だな、俺もお前より先に理性を手放す気がしない」と言い合う余裕すらあった。

だが、最初にオリエが理性を奪われた。

ぼんやりしていると、テレビを見ていたはずなのに手指が自分の陰茎を慰めていた。

「バスルームで抜いてこい」

「……んぁ？」

トキジが先に気づいてオリエに声をかけたが、オリエはすこし遅れてゆっくりと右隣のトキジを見上げ、狼の指で自分の下肢を示されて視線を下ろし、服の上から陰茎を掴む自分の手にようやく気づいた。

「……わるい……ちょっと、抜いてくる」

一言詫びを入れて、ベッドから立とうとした瞬間、膝から崩れた。

「なにやってんだ……」

「………分からん」

思考が追いつかず、体は言うことをきかない。

トキジがベッドを移動して床に座り込むオリエを片腕で抱き上げ、さっきと同じ場所に座らせる。

「……っ、ふ」

それは些細な刺激だったけれど、腹部に回った腕に下腹を圧迫されて、オリエは自分が下着を濡《ぬ》らすのを感じた。

不意のことでトキジの腕に縋りついてしまう。それを苦しさと勘違いしたトキジが「大丈夫か？」とさらに強く抱きしめるから、オリエは逃げることもできずその懐に顔を埋め、下腹に残る甘さと射精の感覚に身震いしてしまう。

「ああ、そっちか……」

粗相したことがトキジにも伝わってしまったようだ。

恥ずかしさより先に申し訳なさでオリエが顔を上げると、トキジは難しい顔でなにかを堪《こら》え、オリエをベッドに残して自分がバスルームへ向かおうとした。

オリエの視界の端に、先ほどよりも存在感を増しているトキジの下腹部が目に入った。

オリエの痴態にアテられて前を大きくしたのは明白で、その興奮をオリエに悟られまいと冷静に振る舞い、狼の牙で自分の口内を嚙んで自制している。

そうして懸命にオリエのために我慢する狼が可愛く映った。

好きな食べ物も、嫌いな食べ物も知らないのに、トキジの健気《けなげ》さが可愛かった。

「……おいっ」

トキジが低い声でオリエを押し留《とど》めた。

「うっせぇな」

トキジの尻尾を摑んだオリエは、力ずくで狼をベッドに引き戻した。

トキジを座らせ、その太腿に乗り上げて座り、「動いたり暴れたりしたら俺が怪我すると思え」と脅し、トキジのズボンのジッパーを下ろして陰茎を引っ張り出す。

「……痛い」

「なら腰を浮かせろ。……それとも、ケツが重いなら手伝ってやろうか？」

悪態をつくが、内心、オリエは初めて見る狼の陰茎に引いていた。

下着をしっかり下ろさないと窮屈で痛いほどの大きなそれは、人間とは形が違い、色合いも異なる。人間のそれよりもっと生々しく、血管が浮き出た竿《さお》は凶悪なほど太く、根元になればなるほど質量を増し、かといって先端部が貧相だということは決してない。

ぬめる先走りが鈴口から伝い、オリエの指を濡らす。素面《しらふ》ではないからこそ同業者の陰茎を引っ張り出して握るなどという暴挙に出られたが、亀頭球が膨らんだり、本格的に勃起して交尾するための準備が万端に仕上がった陰茎を想像すると、知らず知らずのうちに生唾《なまつば》を呑んでしまう。

この興奮を薬のせいにしていいのか？　そうして惑う冷静さは頭の片隅に残っているのに、この暴挙を止めるだけの冷静さは残っていない。

「あと、……残り、一時間くらいでスーリヤのとこに戻るんだから、とっと……っ、終わらせたほうがいいだろ」

「…………」

「……ん、っ、……ンん」

トキジの生身のそれに己の陰茎を押し当てる。

自分のズボンを下ろすということはすっかり失念していて、布越しの刺激に物足りなさを感じながら両手と腰を使って慰めた。

「おい、手伝え……っ、ぉ、わ!?」

視界が反転した。ベッドに仰向けに押し倒され、トキジに見下ろされる。

トキジの太腿にオリエの裏腿を預けるように乗せられ、腰が浮くほど両足を持ち上げられる。まるで正常位の体勢だ。

互いの視線が絡み、オリエはトキジが欲に呑まれつつあることを悟った。

時折、獲物に食らいつかんばかりに上歯と下歯の狼牙が音を立て、上等の餌《えさ》を手に入れたといわんばかりにオリエを見据える。その視線は一秒たりともオリエから逸らされることはなく、熱い掌《てのひら》がオリエの腰を掴み、獲物を逃がさぬように尻尾がオリエの足首に巻きつく。

狼の影がオリエの体に落ちて、のそりと重い体がのしかかってくる。オリエの首筋に口吻の先を寄せ、匂いを嗅ぎ、長い舌で鎖骨から喉仏、顎先《あごさき》までを一度に舐《な》め上げ、味見をする。

ぶつりと音がして、ボタン式のオリエのズボンのボタンが飛んだ。指先ひとつでいとも簡単に引きちぎられて、オリエは「すげー……強い……」と感動の声を漏らし、なぜか胸が高鳴った。

なにひとつとして正常な判断はできていないが、その分、気持ちに嘘《うそ》をつけない気がした。

強い男は好きだ。

自分だって強い男でありたい。

優しさとか、賢さとか、そういう長所も持てるだけ持ちたいが、トキジはそれらを兼ね備えているうえにちょっと可愛いし、健気さも持ち合わせている。こんなにたくさんいろ

んな面を持っていて、それをぜんぶオリエの前で見せる。

いまも、健気に口端を自分の牙で傷つけながらオリエに怪我をさせないよう必死に堪えている。口数が少ないのは、たぶん、喋るほどの余裕がないからだ。傷つけない配慮は本能レベルでできるが、オリエに手を出さないという選択肢には至らない程度に興奮しているのが見てとれて、それがまた可愛い。

二人とも、目の前のことしか考えられない。

間違いを犯さないように離れる、というマクロな視点はもう存在しておらず、間違いを犯したうえで互いを傷つけないように配慮する、というミクロな視点だけが残っている。

息も荒く、オリエの体で陰茎を固くし、まだ湿っている毛皮に熱が籠《こも》るほど体温を上昇させ、オリエの隅々を舐めて、交尾をするように腰を振る。

「……っ、ん、ンぁ」

狼の熱がオリエに伝播する。

陰茎と陰茎が擦《こす》れ合うたびにオリエの腰が跳ね、トキジの動きとタイミングが狂う。そのもどかしさが次の興奮材料になって、下腹に重さが募る。

トキジの下肢と触れる面積がより広くなるようにオリエの股《また》が勝手に開いて腰が落ち、自分から陰茎を押し当ててしまう。トキジの亀頭球が膨らんでいて、それが裏筋に触れると吐息に甘い声が交じり、オリエの陰茎からは先走りがしとどに滲《にじ》み漏れた。

薄い皮毛に覆われた狼の腹筋が固くなり、トキジも射精が近いことが分かる。

体格差のせいか動きにくそうだが、オリエがこれ以上足を開いて股関節《こかんせつ》を脱臼《だっきゅう》しないように、本能的にそれらに配慮してトキジは動く。

おそらく、狼獣人にしてみればオリエの体重が軽すぎるのだろう。ちょっとしたことでオリエの体が浮いたり、前後に移動したりするし、しっかりと摑んで骨でも折ってしまったらと思うと力加減も難しい。

「……お姫様じゃないんだから」

あまりにも丁寧に扱われて、それがくすぐったくて笑ってしまった。

オリエは両足をトキジの背中に巻きつけてしがみつき、しっかりと体を固定してから両腕をトキジの首に回して抱きつくと、「ほら、これで動きやすい」とトキジの耳に囁き、自分から腰を使った。

トキジは言葉で返事をする代わりにうるさいくらい尻尾を揺らしてベッドを叩き、オリエにすり寄って喉を鳴らした。可愛い仕草のわりに、陰茎は凶悪なほどに反り勃ち、一度、二度……、ゆっくりと腰を揺らしてオリエが動かないことを確認すると、もっとご機嫌な様子で喉を鳴らした。

「……は、っぁ、ぁ」

瞬く間に追い上げられ、二人はほぼ同時に達する。

ほぼ同時であるのに、トキジの射精は長く、オリエの腹の上に乗せられた陰茎はずっしりと重く、熱く、いつまでも脈打つ。オリエの陰茎と陰嚢の付け根に亀頭球が押し当てられて、その重さや熱の刺激で、オリエを二度目の甘い絶頂へと導く。

射精時の独特の甘く酔った感覚と気怠《けだる》さにオリエが目を閉じ、陶酔していると、オリエの臍《へそ》から腹筋にかけて大量の精液で液溜まりができて、寝具へと伝った。じわじわとその熱が背中側まで広がり、二人の陰茎や股の間を伝い流れ、オリエの尻の向こうまで濡らす。

「……っ、く」

眉間に皺を寄せ、トキジが低く唸る。大型犬が甘えるようにオリエの首筋に頰を寄せ、鬣のなかにオリエが埋もれるほどくっついて、甘噛みを繰り返す。

以前、仕事中、大型の猫科獣人に攻撃されて噛まれたことがある。あれに比べれば、むず痒《がゆ》い程度だ。きっと、もっと、がぶりと大きな口で噛みたいはずだ。オリエを抱きしめる腕にはもっと力を籠《こ》めたいはずだ。

オリエを傷つけないために自分の快楽を後回しにしている。射精に集中できないのは、不完全燃焼だろう。同じ男として、申し訳なく思う。

外に出して発散しきれない獣欲を内側に閉じ込めるかのように、トキジの足の爪《つめ》は寝具に食い込み、拳《こぶし》はきつく握りしめられ、体中のあちこちに余計な力が入っている。

トキジのジレンマやもどかしさが痛いほど分かって、なぜだかオリエの心臓が痛くて、胸が苦しくて、悲しいほどに愛《いと》しかった。

＊

「……お姫様じゃないんだから」

そう言って、オリエが笑った。

かわいい。

ほんのわずかな表情の変化だったが、わずかであってもトキジの前で気を許し、自然体の自分を見せてくれたことが嬉しくて尻尾の付け根が筋肉痛になるほどばたばた揺れた。

それどころか、自ら進んでトキジの陰茎を握り、膝に乗り上げてきた。その瞬間は喜びで心臓がどうにかなりそうだった。トキジが狼の片鱗《へんりん》を見せても、オリエの素肌を舐めても怖がらなかった。肌を重ねることは一度で終わらず、この行為で何度も射精してくれた。しかも自分から協力してトキジと一緒に気持ち良くなろうとしてくれた。

事後は、幸せが最高潮に達した。

挿入まで至ることはなかったが、それでもトキジは生きていて初めて感じる種類の充足感を覚えた。ひとつのベッドを二人で分け合うことも、自分の隣に事後の余韻に浸るオリエがいてくれることも、すべてが幻なのではと自分の頬を抓《つね》りたくなるほど夢見心地の景色だった。

憎まれ口でもなく、ケンカ腰でもなく、仕事の話でもなく、普通の会話をした。すこし前まで、こんな未来は想像していなかった。まさか自分がオリエに対してここまでの感情を抱いて、こうして恋人同士のようなことをしたり、スーリヤという子供を介して生活を共にしたりすることに喜びを見出せるとは思ってもみなかった。

ぼんやりしているオリエに「舐めていいか?」と問うと、いまだ熱を孕《はら》む体を持て余したオリエは、「いいよ、俺、五分だけ寝るから起こして……スーリヤのお迎えいかないといけないし……」と、トキジの言葉の意味を咀嚼《そしゃく》する前にあっという間に眠ってしまったので、トキジはオリエの体をありとあらゆるところを舐めた。

交尾のあと、自分のメスをきれいにするのはオスの役目だ。

下肢を舐め清めて十数分後、オリエの腰が無意識に動く痴態をトキジに披露している最中に、オリエは自分の喘《あえ》ぎ声で目を覚まして、「……えっちな夢見た……」と呟《つぶや》き、次いで、己の下肢に顔を埋めている狼の耳を抓んで「お前のせいか……」と言うなり羞恥《しゅうち》を隠すようにそそくさとバスルームへ消えてしまった。

一連の動作があまりにも可憐《かれん》で、トキジはベッドの上でしばし呆然《ぼうぜん》とし、自分の股間《こかん》の熱を鎮めるのに随分と苦労した。

バスルームから出てきたオリエはもういつもの仏頂面に戻っていたが、「お前とああいうことをしたのは薬のせいだ」と言い訳はしなかった。それだけでもトキジは脈アリだと判断した。

　オリエは正直な男だ。嘘をつかないし、誤魔化さない。仕事ぶりを見ていればそれは分かるし、スーリヤとの接し方や、日常生活からも、他者に誠実であろうとする心根が垣間《かいま》見《み》える。なにせ、自分のねぐらの一部をトキジとスーリヤに分け与える男だ。男前だ。気前がいいし、懐が深い。

　きっと心が強いのだろう。

　強くあろうとしているのだろう。

　清掃業の大半は体力勝負で、屈強であればあるほど役に立つ。大型獣人に交じってこの仕事をしていると、オリエが活躍できる場面は少ない。そうではありながらも、ひとつの会社を営む手腕があり、仲間にも引けを取らない強さを持っている。

　心の強さ、芯《しん》の強さ。周りを引っ張り上げ、納得させ、仲間を鼓舞する立ち居振る舞い、それでいて敬愛され、尊敬される人格。求心力があり、司令官としての適性がある。

　仕事ぶりは認めていたからそんなことはずっと前から知っていたはずなのに、知れば知るほど「この男の底が見えない。見えないことが悔しい」と思うようになってしまった。

　共に過ごすなかで、初めて、オリエがオリエらしくあるための努力の、その裏側を知ってしまった。誰かを助けるために己の生活の一部を削っていること。それを誰にも知らせていないこと。知らせずともやっていけるほどに自分で自分をフォローする方法を弁《わきま》えていて、強いこと。

そして、笑い顔が可愛いこと。

それはきっとまだ誰も知らない。

「見合いの時の話だけどな……」

帰りの車のなかで、助手席のオリエがそう切り出した。

薬は抜けているが、足腰に力が入らないらしく、トキジが運転している。どうやら、トキジの胴体に足を絡みつけた時に、股関節を開きすぎて痛むらしい。本人は黙っているし、「これは俺がそうしたいと思ってやった結果だから」とトキジには絶対に言わないけれど、トキジに車のキーを預ける程度には甘えてくれた。

「見合いの時、どうした？」

「こいつ、結婚する気ないな、……って思ってたんだよ」

トキジはオリエと結婚するつもりがない。

オリエは勝手にそう思っていたらしい。

「見合いの時点で、俺は、お前との結婚は面白そうだと考えていた」

「うん。いまなら、なんとなくお前がそう考えてたんだろうなって分かる」

「お前のことは嫌いではなかったからな」

「お前さ、俺のこと見ていて面白いって言っただろ。……あれ、どういう意味だ？」

「そのままの意味だ。知れば知るほど、見ていれば見ているほど、お前の底が見えない。お前のことをもっと知りたくなる。やめられない酒や博打《ばくち》のようだ」

「俺はアル中やギャンブル依存と一緒か」

「中毒性がある。……俺も、お前とこうなってから知った」

これを恋愛に分類していいのかは分からない。

いまは、ただただオリエを知りたい。オリエの底を暴く最初の男は自分でありたい。オリエ自身が自覚していない感情や行動や思考が、その体の内側に存在するなら、それを引っ張り出すのは自分でなくてはいやだ。オリエが経験したことのない幸せや喜びや感動があるなら、それを差し出す最初の男は自分でありたい。

ただただ、トキジのなかで、その気持ちだけが強く存在していた。

「なぁ、俺たちはわりとうまくやっていけると思わないか？」

これはもう結婚しかないのではないか？　プロポーズはもうすこし格好をつけるとして、明確な言葉は口に出さず、それとなくオリエの反応を窺《うかが》う。

「……似合わない」

オリエはそう言ったきり、黙り込んだ。

それは、オリエとトキジが似合いの二人ではないという意味なのか、二人の関係にそういう甘ったるさは似合わないという意味なのか、それともそれ以外の意味なのか……、トキジには判断がつかなかった。

＊

オリエは睡眠環境に重きを置いたことがなかった。

どうせ夢見で睡眠の邪魔をされる。

仕事に張り合いがあるから家で過ごすよりも仕事をしている時間が多いし、その結果として自宅での滞在時間も短いし、職場の椅子で仮眠をとる時間のほうが長い。

今日、トキジとデイユースでモーテルを利用した。

外出先の五分の仮眠が、……いつもならきっちり五分で目覚める仮眠が、寝過ごした。十数分も眠ってしまい、「……よだれ」とトキジに頬を拭《ぬぐ》われるほど熟睡してしまった。

このモーテルの寝床は寝心地が悪い。そんなことを思ったのは初めてだった。ベッドの固さやスプリングの悪さ、洗いざらしのガサガサとした寝具の肌触りの不快感。初めてそんなことが気になった。

次の瞬間、「この寝床は寝心地が良い」と正反対のことを思った。トキジがオリエを抱きしめたからだ。そのあと全身を舐めたり、甘噛みをされたようだが、トキジの抱擁はオリエに十数分の穏やかな眠りを与えた。

安価なモーテル特有の冷たい隙間風も気にならないふかふかの毛皮。全身をすっぽり包む暖房器具のような体温。脱力したオリエの体ぜんぶを支える体格と最高の筋肉。その寝床はオリエのお気に入りで、生まれて初めて「寝床って大事なんだなぁ……」と思わせる安心感があった。

安心する寝床で寝たのも、初めてだ。

あの感覚は、思い出すだけで泣きそうになってしまう。

心も体も休まるというのは、こういうことなのだと知ってしまった。

実家での睡眠は、安心より面倒臭さが先に立った。夢見が悪いと兄姉が心配して、泣いてしまって、腫《は》れ物を扱うように大事にされて、「今日は学校を絶対に休みなさい。家から出しませんよ」とか、「薬で強制的に深く眠る手もある。そうしなさい。睡眠不足は心身を害する」といった一方通行の愛が際立った。

それが家族の愛ゆえだと思うと無下にもできなくて、でも、すこしずつ心が摩耗する感覚もあった。すこしでも家族の相手をする回数を減らすために夢見を隠し、できるだけそういう自分を見せないようにした。

独立してからは自分一人の生活を満喫して自分を隠す必要はなくなったが、それゆえにか、眠り方に困ってしまった。

独り暮らしを始めたばかりの頃、仕事の疲れからか、深く、長く、寝入ってしまい、いつまで経っても長い悪夢から目覚められず、けれどもこれが仕事にかかわるかもしれないと思うと夢から目を逸らすこともできずにいた。魘《うな》される自分の声が聞こえるほどなのだから、目覚めるべきなのに、まるで映画を見るように夢を見続けるしかなくて、その夢を暗記し続け、自分が起きているのか眠っているのかすら分からないことがあった。

そして、そんな日が増えた。

そんな状態でも、夢で見た分だけ仕事は舞い込んでくるし、本気でつらい時にこそ踏ん張らないと一人では生きていけない。

もしかして、俺は夢を見たまま死ぬのか？

そんな恐怖とずっと隣り合わせだった。

怖くても、折り合いをつけて今日まで一人でやってきた。

そうして乗り越えていくことで自分の自信になったし、どこまでが自分の限度なのか把握するきっかけにもなったし、夢見の結果、助けられた未来が無数に存在する事実が、なによりも自分の支えになった。

他人の助けを必要としなくても生きていける。そう自負していたのに、なぜか、トキジから差し出される睡眠への心配や助け、配慮は、すんなりと受け入れられた。

たぶん、大袈裟《おおげさ》ではないからだ。淡々と対処してくれたから気が楽だった。夢見の悪さという対価を支払うことで成果を出しているとオリエが納得したうえで今があると理解して、それを踏まえた先を見て、オリエのためになることをしてくれた。

オリエがしてほしいこと、助けてほしいこと、代わりにしてくれたらこんなに楽なことはないと思っていることをしてくれた。それがトキジの生来持ち合わせている優しさなのか、オリエを思いやってのことなのかと考えたら、おそらくは両方だろう。

トキジはオリエとの結婚に悪感情はないようだし、元来、助けを必要としている者へ手を差し伸べることができる男だ。結婚したとなれば、さぞや良い伴侶《はんりょ》となるに違いない。誠心誠意、結婚相手に尽くすことだろう。

だが、オリエは結婚するつもりがなかった。

この夢見の能力に、結婚だの、恋愛だの、愛しているだのは似合わない。

大切な人と添い遂げるには正反対の力だ。

オリエとトキジは、それぞれが思い描いている恋愛観と結婚観が違う気がした。

自分はこんな特殊能力持ちだから、もし、好きな人が危険な目に遭うかもしれない夢を見たら気が気じゃない。永遠に目覚めない夢を見続けるより、そっちのほうがずっと怖い。

だから絶対に結婚しないし、好きな人も作らない。

そういう主義を貫いてきたし、それで諦められた。

けれども、「この夢見さえあれば、トキジが危険な目に遭う時に必ず助けられるかもしれない。それができるのは俺だけだ。そう考えると、トキジを傍に置いておくのが一番なのかもしれない」と、……そう思い始めている。

いまさら、「結婚したい気がしてきた」とか「お付き合いからお願いします」とか自分だけに都合のいいことは言えない。

そもそも、トキジに対しての防御力がこんなにも下がっていると気づいたのだって、ついさっきなのだ。心も体もトキジに許していて、「結婚したら自分が楽だろうなぁ……」などと打算で結婚を考えている時点でダメだ。相手を幸せにしたい、愛したい、ずっとずっと一緒にいたいと強く願い、望むがゆえの結婚でなければダメだ。

隣に眠る体温の愛しさと、そこから得られる安らぎ、自分の幸せのためにそれを手に入れようとするのは間違いだ。自分は最低の男だ。トキジは結婚してもいいと言ってくれているが、こんな考えのオリエと結婚しても幸せになれない。

今回、偶発的とはいえ、肌を重ねるような真似事に事態が発展したのも、きっと、オリエに冷静さを取り戻させるための夢だ。トキジとの婚姻はオリエを安全かつ幸せにすると兄妹が言った通り、オリエは幸せだろうが、トキジは幸せじゃないはずだ。

オリエには、男一人を幸せにして、人生を共に歩む甲斐性《かいしょう》がない。悔しいことに、トキジとのことがあってから、オリエは自分の消極性に初めて気づかされた。これから先、トキジを幸せにするような行いや日々を甘く彩る会話を提供し続け、時に窘《たしな》め、時に支え、ト時に寄り添い、常に相手を思いやれるような性格ではないのだと、自分の弱さを知ってしまった。

それに、この夢見の悪さに毎回付き合っていたら、トキジまで具合が悪くなる。

オリエが「お前は寝ていろ」と言ってもトキジは起きるだろう。たとえ寝室を別にしても、トキジの実家に泊まった時のように、隣室で眠っていても物音で気づくだろう。そうしたことを無視せず向き合うのがトキジの長所かもしれないが、一生一緒に暮らしていくには相手へ強いる負担が大きすぎる。

ほんのすこし誰かと添い遂げる未来を想像してみれば、現実が見えてくる。

初めての感情に「人生って分かんないもんだな……」とオリエは自嘲してしまう。

それに、目の前にいる人物が素敵だからといって、ころっと傾くのは、あまりにも軽薄だ。楽なほうへ流されて、安易に感情を口にしてはいけない。

そもそも、トキジを意識し始めたのは、仕事と私生活の両方で助けてもらったからだ。結婚と仕事は分けて考えるべきだ。結婚相手に仕事上のことで助けてもらい続けるなんて甘ったれは許されない。それもまたトキジに対して失礼だ。

「結婚しない主義だったのになぁ……似合わないなぁ……」

そういう幸せなのは、似合わない。

結婚は、似合わない。

この夢見の悪さと幸せな結婚はあまりにも見合わない。

そう思っていたのに、トキジとの日々の積み重ねは、オリエの考えをゆるやかに、それでいて強引に、違う方向へ向けさせた。

「結婚したくないのに、結婚したい」

きっと、あんなイイ男とはもう二度と出会えない。

ジレンマでどうにかなりそうだった。

愛しさで泣きそうになるという感情が、オリエの情緒を引っ掻《か》き回した。

*

とある冬の日、両社スタッフによる調整が水面下で行われ、オリエとトキジ、二人の終日休暇が完全に重なるという奇跡の一日が実現した。二人は寝耳に水だったが、せっかくお膳《ぜん》立《だ》てしてもらったのだから……と部下の気遣いをありがたく頂戴した。

せっかくの休日だ。半日近くオリエとトキジと離れて頑張ったスーリヤへのご褒美に使うことにした。

「スーリヤ、今日は一日中一緒だ」

「三人でおでかけするぞ」

「おでかけ！」

瞳を輝かせた次の瞬間、スーリヤは「……おでかけって、なに？」と首を傾げた。

オリエとトキジはスーリヤを真ん中に挟んで朝食を食べながら「三人で街へ行って、買い物したり、散歩したり、遊んだり、レストランでメシ食ったりするんだ」と説明した。

「……おでかけ……」

未知の経験に瞳をキラキラさせ、尻尾が子供用のハイチェアの背凭《せもた》れを叩く。

嬉しいことや楽しいことがあった時、スーリヤは足ではなく尻尾をぱたぱたさせる。そうした感情表現のひとつひとつが理解できるくらいスーリヤとは親しくなれた。

「焦らなくていい、ゆっくり食べよう。俺もオリエもまだまだたくさん食べる」

慌てて食べようとするスーリヤの頭をトキジが撫でた。

「メシ食ったら、トイレ行って、着替えて、車でおでかけだ」

オリエは二人を見つめながら、スーリヤの食べこぼしを拭きとり、静かな朝を堪能《たんのう》した。

スーリヤとトキジがこの部屋に来てから、オリエの朝がすこし優雅になった。

二人がいるから、食事内容に気を遣うようになったし、できるかぎり家で、三人で食事を摂《と》るようにもなった。大人よりもずっと小さなシリコン製の食器セットと、オリエとトキジ専用の食器も揃った。大中小、三サイズだ。家で食事するたび、「もっと大きな食器や鍋があったほうが便利かもしれない、そういうのがあれば大皿料理ができる」と考えて買い足すうちに、いつの間にやら調理器具まで揃ってしまった。

とはいえ、オリエはほとんど炊事経験がないから、調理器具を使うのはもっぱらトキジだったが、それでも、オリエもオリエなりに卵を焼いて、「こげこげたまご」とスーリヤに言われたり、パンをトースターに放り込んで、「こげこげぱん」と言われたり、肉を焼いて「こげこげおにく」と言われたりした。

「そうだな、こげこげお肉だなぁ……」

スーリヤを肩に乗せているトキジにまで言われてしまった。

それから、賑《にぎ》やかにもなった。

おはようとおやすみ。ただいまとおかえり。いただきますとごちそうさま。いってきますといってらっしゃい。「スーリヤ、おでかけだ」「……おでかけってなに?」「スーリヤの好きな歌のテレビ始まったよ」「見る!」「ときじ、スーリヤとおどって」「……分かった分かった」……そんな具合に、いつもどこかで誰かの声がする。

一人の時は、家に帰れば翌日の出社まで無言で過ごすのが当たり前だったから、ただただ三人で生活しているだけでこんなにも会話が増えるのだと初めて知った。

子供が走る音、笑う声、歌ったり踊ったりに付き合わされている大人二人の声や足音、風呂場で遊ぶ声、着替えなさい、着替えない！　寝なさい、まだ寝ない！　そういった他愛ないやりとりや、一人の時よりもずっと増えた冷蔵庫や玄関ドアの開け閉め、生活音のすべてがオリエの心を落ち着かせてくれた。

昼寝をしていても、夜眠っていても、耳から入ってくる寝返りの音や寝息の音、生きている誰かの音がオリエの心を夢以外に向けさせてくれた。

子供服を干すためのハンガー、床に敷くやわらかいマット、子供用の洗濯洗剤や風呂道具、子供用の靴や帽子といった小物、玩具《おもちゃ》、絵本、子供用の時計はオリエやトキジの帰宅時間がスーリヤにも分かるように置いた。

目に見えないし、形もないけれど、保護局や病院の検査結果をまとめた資料をトキジとオリエの間で共有するようにもなった。共通認識を持つためだ。同じアプリが二人の携帯電話にインストールされているし、各自のスケジュールを登録するアプリも入れた。

スーリヤが二人の間に入ったことで、必然的に連絡を取り合うことも増えて、会話も増えた。仕事や二人の今後について話したくない時でも、「スーリヤのことを話したい、今日はこんなことがあった、スーリヤがあんなにも可愛かった、こんな遊びをしていて、こういったことができるようになった」という会話はいつでもたくさん溢れていた。

たぶん、きっと、スーリヤがいなければ、オリエとトキジが台所に並ぶこともなかっただろう。トキジが朝食の支度をするのを横目で見ながら、オリエが「牛乳が今日でなくなる。スーリヤの明日のココアが作れない」と所帯染みた報告をして、「帰りに二十四時間スーパーに寄って帰るか」とトキジが答える。

「果物がすこし欲しいな」

「ついでにビールも……」

「やめとけよ、せっかく締まってる腹筋がたるむぞ」

近頃では、そんな世間話に発展することも珍しくない。

初めて、ごく一般的な、穏やかな、家族みたいな時間が過ぎていった。

共同生活で大変なこともあるし、疲れるのは毎日だ。

仕事の話をする時、スーリヤの前ではケンカ腰の話し合いはしない、とトキジと取り決めたから、言葉を選ぶ必要があったり、即座にその場で言い合えないジレンマはあったけれど、それが冷却期間にもなったりして、他人と生きるというのは楽しいことだけではないのだと実感した。それでもなお一緒にいたいと思うのが、きっと、結婚なのだと気づいた。

……では、この日々はいつまで続くのだろうか。

オリエは、二人がいなくなった時の自分を想像できない。

元に戻るだけなのに、その時の自分の感情が想像できなかった。

＊

デパートに来た。

スーリヤの冬物の服を何点か買い求め、それにあわせて手袋と帽子、靴を買った。

「スーリヤ、玩具も買うか？」

「おもちゃ！」

「でっかい滑り台はどうだ？」

「こうえんのやつ？」

「そうだな、公園くらいデカいやつ買うか！」

「…………あの部屋のどこに置くんだ」

山のような箱を抱えて荷物持ちをしていたトキジが冷静に指摘する。

二人の後ろを歩くトキジの隣まで下がったオリエとスーリヤは、「まぁそう言わずに。

……なんとかなる」「なるよ！」とトキジを玩具売り場へ誘導した。

「オリエ、昨日もネットでスーリヤの玩具と服を買っていただろう？」

「そうだったか？　忘れた」

「仕事でなにひとつとして忘れない奴が都合よく忘れるな」

「はいはい。……トキジ、ついでにお前の靴とベルトも見に行くぞ」

「先日、俺の分だと言ってシャツやら普段着やらを買ってきたばかりだ」

「こないだはシャツと普段着。今日は靴とベルト。あっても困らないだろ？　靴とベルトは本人いないとサイズ感が分からないからな。まぁ、お前のことだからいつもオーダーなんだろうけど、たまにはこういうところで最近流行《はや》りのデザインの靴とか一足持ってろよ。似合うから。俺もスニーカー欲しいんだよな、公園用。お前のも買おう」

「…………」

「あとは、アレだ……、ほら、部屋のラグを毛足の短いやつに変えようって話してただろ？　狼と一緒だと毛足が長いと掃除が難しいって、俺、初めて知ったわ」

「なら、その代金は俺が出す」

「残念。もうオーダーしちゃってるからあとは到着を待つだけだ」

「…………」

「ラグの上に置く小さめのテーブルがいるんだよ。スーリヤが遊んだりするテーブル。子供用家具って何階だ？　ついでに、テレビのＣＭでやってるふかふかのクッションあるじゃん。あのバカデカい大型獣人でも余裕で座れるってやつ。あれを買おう」

「…………」

「お前も欲しいって言ってただろ」

「それは、そうだが……。とにかく、散財しすぎだ。先日、新車を買ったばかりだ」

「なんで知ってんの？　……って知ってるか。お前とスーリヤと一緒に選んだしな」

「スーリヤの好きなぴかぴか色！　オリエのおめめとおなんじ色！」

「来るのが楽しみだな～。もうすぐ納車だって！」

「やった！」

「……確かに、車の色は一緒に選んだが、まさかディーラーへ行って、その場で即断即決するとは……。なぜ、俺が乗れるサイズの大型車にしたんだ……割高だぞ」

「お前も車持ってるけど、どうせ俺のも乗るだろ？　お前の車、ファミリーカーって感じじゃないし。お前にも適用される保険に入り直したし、チャイルドシートも入れたし、ちょっとした旅行くらいならこれで余裕だ」

「では、ここで買うものは俺の財布からにしろ」

「めんどくさい。どっちでもいい」

「よくない。俺も使うんだ」

「じゃあ、半分ずつにするか。……こういう時、共同生活なのに財布が別々だと面倒だよな。共同財布とファミリカードでも作るか」

「俺が言いたいのは、家計管理をしろということだ」

「面倒だから、ぜんぶお前に預けるか」

「その前に、お前は自分の支出を把握しながら使うことを覚えろ。毎月、使う額も決めろ。たとえ俺に家計を預けたところで……」

「湯水のごとく使ってたらダメなんだろ？　協力して家計を支えていくなら、使い方も考えて、締めるところは締めて、出すところは出して、大きい物を買ったりする時は相談するのが同じ財布で生きる者同士の約束事。……だろ？」

「分かってるじゃないか」

「分かってるんだよな、こう見えて。見直したか？」

「というよりも、分かっているのになぜその使い方になるんだ」

「なんでだろ？　自分の好きな奴のために金を使うと幸せだからかもしれない」

「……それは」

「まぁいいや、この話はおしまい。……それより、クッションカバーは何色にする？　ラグとそろいにするか？」

オリエが意図的に話を終わらせると、トキジはそれを受け入れてクッションカバーの話に乗ってくれた。

「それなら、気に入ってる店がある」

「じゃあそこにしよう」

「いいのか？　俺の趣味になるぞ」

「いいよ。お前の実家の、俺が寝泊まりしていた部屋のインテリアみたいな感じだろ？あの部屋、お前が設《しつら》えたってお手伝いさんから聞いた。……ってことはつまり、俺のために用意されたあのインテリアはお前の趣味だ」

「そうだ」

「あの部屋の雰囲気は好きだ。だからお前の趣味で選べ。前から思ってたんだけど、お前とはインテリアの趣味が合う気がするんだよな」

そこまで言って、ふと、思う。

トキジとの共通項を見つけた。

居住空間の趣味が合うっていうのは、いいことだ。ストレスなく家で過ごせる。もし、これからもっと一緒に長く過ごせる未来があるなら、それはとても喜ばしいことかもしれない。

「オリエ、あのね、スーリヤはね、トキジの毛皮のふかふか色がいいな」

「じゃあ、その色を差し色にしよう。それとも、いっぱいその色があるほうがいいか？」

「いっぱい！」

「よし、いっぱいだ！　……そうだ、スーリヤ、おやつはなに食いたい？　昼メシはスーリヤの好きな卵料理のある店でたくさん食べたから、おやつは好きなの食べていいぞ」

声が弾みそうになるのを抑えて、スーリヤに問いかける。

「からあげ！　からあげは!?」

「スーリヤの好きなからあげはトキジが家で揚げてくれたやつだから、外のお店では食えないんだ」

「じゃあ、からあげは、ばんごはん」

「だってさ、トキジ、晩メシは家で食おう。牛乳と、からあげの材料買って帰ってさ」

「…………」

「なんで尻尾がばたばたしてんだ？　いま別になにも嬉しいことなかっただろ？　……あ、野菜も食えって？　分かってるよ。ちゃんと野菜も買って帰る」

「……トキジ、と俺を名前で呼んだ」

山のように積み重なった荷物の横から顔を出したトキジが、すこし間を置いてそう言った。仕事中や、危険を知らせる時に必死に名を叫ばれた記憶はあるが、じっくりとその幸せを噛みしめられる時に呼ばれたのは初めてだ。

「…………あ、あー……」

オリエもすこし間を置いてから自分がトキジを名前で呼んだことに気づく。

「しっぽ、いいこいいこ」

スーリヤが自分の尻尾をトキジの尻尾に巻きつけて、「しっぽ、落ち着こうね」と尻尾のお世話をしてあげている。

「尻尾、すげー……な」

名前呼びしただけのことでトキジの尻尾はこんなにも主張が激しくなるのか……。

トキジがそうして感動を噛みしめている間に、オリエは心のむず痒さに頬がゆるむのを感じながら、スーリヤを伴って玩具売り場で公園の滑り台くらい大きな滑り台を注文し、「到着は一ヶ月後だって」「今日、持って帰る」「注文してから作るから、今日は持って帰れないんだって。代わりに小さい持って帰れる滑り台を買おう」と決めて、早々《はやばや》と会計を済ませてしまう。

「オリエ」

「なんだ？」

「お前、もしかしてだが……どんぶり勘定か？」

すこし冷静さを取り戻したトキジが、苦労性の狼みたいな表情になっていた。

「ご明察」

オリエの答えに、トキジは、「仕事の経理がしっかりしているから家計もしっかりしていると思っていたが……そうだな、お前はアウグリウム家の出身だったな……」としみじみとオリエの散財ぶりに沈痛な面持ちを見せた。

「会社の金は会社の金だが、俺の金は俺の金。計算が別だ。そして俺は宵越しの金を持たない」

「……余計な世話かもしれんが、長い目で見ての家計というものを考えたことがある……わけがないな……」

「ないな」

自信を持って答える。

家族がいなければ、家事も、炊事も、家計管理も、自分さえ暮らせていければそれ以上は考えない。考えるタイプの人もいるかもしれないが、オリエは考えない。

「後先のない生き方にビビったか？」

「支えてやらねばならんと思った」

「お前、ほんと……なんていうか、面倒を背負《しょ》いこむの好きだなぁ」

「結婚したいと思う相手を面倒だと思うことはない」

「…………」

真昼間のデパートの通路で甘い言葉を言われてしまい、オリエは立ち止まる。

「オリエ、けっこんするの？」

「……いや、それは……どう、だろう……」

スーリヤに手を引かれて、オリエは再び歩きながら言いよどむ。

結婚しないとハッキリ言えなかったことが、トキジを喜ばせる理由になってしまったらしく、トキジの尻尾はまたバタバタと揺れていた。

「スーリヤ、休憩しておやつ食おう」

気恥ずかしくて、スーリヤをダシに逃げてしまう。

申し訳ない。二人の今後に向き合えない弱い男で悔しい。

そう思っていると、トキジが尻尾でオリエの背を叩いて、「いまは休日を楽しもう」と言ってくれるので、その言葉に甘えた。

「スーリヤ、からあげ以外のおやつはなにがいい？　トキジはコーヒーが飲みたいぞ」

「アップルパイ！」

トキジの尻尾をぎゅっと握って、高い位置のトキジを見上げる。

「アップルパイにソフトクリームとか、カスタードを乗せるか？　アイスもいいな」

スーリヤを抱き上げたオリエは、デパートに併設されているホテルのカフェへ向かった。

その道中、デパートのクロークで荷物を預けたことから外商に連絡が入ってしまい、

「シノノメ様、アウグリウム様……仰ってくだされぱご自宅にお伺いしましたのに……」

と頭を下げられ、「今日は歩きたかったから」と断りを入れたりもしたが、それも含めて初めてのおでかけの思い出になった。

カフェの個室に入り、コーヒーと紅茶、アイスを乗せたアップルパイと温かいミルクを頼むと、ようやく一息つけた。

「……けっこん……」

注文を待つ間に、スーリヤが目に見えてしょぼんとしてしまった。

「どうした？　スーリヤ」

「……けっこんしたら、スーリヤ、オリエとばいばい？」

「ばいばいはしない。結婚してもオリエとスーリヤは一緒だ」

「ほんと？」

「ほんと」

「なんで？」

「なんで……って、それは、俺がスーリヤのこと大好きだから。明日も、明後日も、毎日ずっとスーリヤとご飯が食べたいし、遊びに行きたいし、話がしたいから。尻尾でぎゅってされると嬉しいし、俺もスーリヤのこと抱きしめてただいまって言いたいし、仕事してもスーリヤはどうしてるかな？　って考えるし、休憩時間にスーリヤが電話してくれて何時に帰ってくる？　って訊いてもらえるのが嬉しいし、とにかく、スーリヤが大好きだから、スーリヤがもうやだ！　って言うまでずっと一緒にいたいんだ」

「……ときじは？　ときじもいっしょ？」

「…………」

「オリエと、スーリヤと、トキジのさんにんでけっこんしたら、さんにんで一緒にいられる？」

スーリヤは幼いながらも必死に知恵を絞って、三人でいられる方法を模索している。

ぎゅっとオリエの服を摑み、トキジの尻尾に尻尾を絡みつけて……。

「ずっと三人でいられたらいいな……ってオリエも、思ってる……」

まっすぐな瞳に嘘がつけなくて、オリエは中途半端な自分の気持ちを伝えた。

オリエの頭の向こうに座るトキジのことは見られなくて、スーリヤの瞳だけをまっすぐ見て話していたが、思い切って顔を上げて、「三人でいるために、たくさん、スーリヤと、トキジのことを知りたいんだ」と伝えた。

オリエが考えていること、トキジの考えていること。知っていきたいこと、知らせておきたいこと。他人同士が添い合うのだから、伝えておくべきこと、知っておくべきこと、きっと、たくさんたくさんあるはずだ。

「そうだな、三人でいるために、お互いまだまだたくさん知っていくことがある」

トキジは、笑うでもなく、茶化すでもなく、まっすぐオリエの言葉を受け止めてくれた。

その声や瞳、どっしりと構えた佇《たたず》まい、謎《なぞ》の包容力に後押しされて、オリエはすこし椅子を引いて体ごとトキジのほうを向くと、深呼吸をひとつして、気合を入れた。

「……トキジ、あなたのお好きな食べ物は」

「見合いだなぁ……」

まっすぐなオリエの問いに、トキジはほのぼのとした様子で表情を綻《ほころ》ばせ、「中華料理が好きだ」と答えた。

二人の間のスーリヤは「すーりや、あっぷるぱいすき！」と教えてくれる。

「俺は、これといって好物はないけど、家の近所のフードカーで売ってるローストビーフのピタパンをよく食べる」

オリエは、自分のことを知ってもらうその第一歩を踏み出した。

「ああ、先週の月曜に買ってきてくれたパンだな」

「そうだ。先代は去年引退して、息子が二代目をしている。その店は週末だけアップルパイを焼いて売っている。……よし、次だ。苦手な飲み物は？」

「スーリヤはね、にがいの飲めないよ」

「こないだ、俺の紅茶をちょびっと舐めてみた時、すごい顔してたもんな」

「オリエは紅茶すきすきなの？」

「そうだな。スーリヤのほうが好き好きだけどな。紅茶も好きだよ」

「そうなのか、お前、紅茶が好きだったのか……。いつもコーヒーばかり飲んでいるからてっきりコーヒー派だと思って朝もコーヒーばかり淹れていた」

衝撃の新事実発覚にトキジが愕然《がくぜん》としている。

「朝はコーヒーがいい。目が醒めるから。でも、そうだな……、こうやって出かけたり、ゆっくりしてる時は紅茶がいいな。……トキジ、お前は？」

「俺は、スタウトビールが好きだ」

「……そうか、ビールが好きか」

「お前は？　酒はよく呑むのか？」

「付き合い程度には呑める」

一問一答形式のぎこちないやりとりだけれども、話が途切れることはない。

二人の間に挟まれたスーリヤも、「うんうん」と大人の会話に交じって頷き、的外れだけどなにを言っても愛らしい言葉で会話に交じり、時にはスーリヤの言葉から話がもっと広がっていく。

仲間外れにならないように、疎外感を感じないように、時にはスーリヤを話題の中心に据えて、「スーリヤが好きな色は何色か教えて？」と問いかけたり、「俺の好きな色は何色でしょう？」と尋ねてみたり、「トキジの好きな色は何色だろうな？」と二人で考えてみたりもする。

スーリヤの存在に助けられている。

助けるべき存在に、助けられている。

オリエも、トキジも、「天使みたいな子がやってきてくれた。なんてかけがえのない子なのだろう」と思わず抱きしめた。

子供から学んで、大人にさせてもらっていく。いまから知っていっても遅くない。スーリヤがそう思わせてくれる。三人で力を合わせて生きていくということが日常生活なのだとしたら、こうして考えをすり合わせていくこともまた結婚への階段をひとつずつ踏みしめていく過程なのかもしれない。

ひとつずつの積み重ねだ。

オリエは、その積み重ねの結果を、「性格が合わなかった。だから結婚はやめる」と断る言い訳に使ったり、「結婚は諦めろ」と自分を納得させる材料に使う気はなかった。ただただ、「たくさん知って、たくさん伝えて、その先が幸せなものであったなら嬉しい」と未来を夢見るために今を積み重ねていきたいと思った。


デパートの空中庭園には、年代物のメリーゴーラウンドや子供向けの遊具が置いてある。風船とぬいぐるみを抱きかかえたスーリヤは、もこもこの上着で着ぶくれしていて、トキジに抱かれてメリーゴーラウンドの馬車に乗った。オリエも一緒に乗って、「すごいな、このメリーゴーラウンド、いや、アンティークカルーセルか？　……大型獣人が乗っても壊れない」「百五十年くらい前に作られたらしいぞ……」と話しながら、馬車のなかで三人でぎゅっと寄せ集まって記念撮影をした。

「写真、もっと！」

メリーゴーラウンドを降りたところでスーリヤがねだるので、三人で写真をとろうと携帯電話を構えていると、従業員が撮影してくれた。

「ありがと！」

スーリヤは満面の笑顔で従業員に礼を言う。

家に来た頃は言えなかったが、オリエとトキジが「子供の教育のために礼儀正しくいこう」「汚い言葉は封印。美しい言葉遣いで、感謝を忘れず、ケンカ腰はナシで」と取り決めた成果だと思うと、努力が報われた気がした。

「どういたしまして」

「今日ね、おでかけなの！」

スーリヤはこの喜びを誰かに知ってほしくて、一所懸命、従業員に伝えた。

「おでかけ、すてきね」

スーリヤの目線に屈《かが》んだ従業員も、幼い子供の言葉に耳を傾け、親切にしてくれた。

「あのね、オリエがスーリヤのおにいちゃんでね、トキジはオリエのおよめさんでね、押しかけっこ？　女房なの！　けっこんするかもしれないの！」

スーリヤはあるがままに話す。

太陽のような笑顔を前にしてはオリエもトキジもなにも言えず、「そういうことなんです」という態度を貫いた。

内心、トキジは、「スーリヤの前でも押しかけ女房って言葉を使ってたからなぁ……」と思い、オリエは、「子供ってマジでなんでもかんでも一瞬で覚えて吸収するんだな。これから発達していく脳味噌《のうみそ》すげー……夢いっぱいじゃん。可能性は無限大ってこのことだな」と、幼い生き物の成長ぶりに感動した。

【4】

三人でデパートに出かけた日の夜、オリエは夢を見た。

最初、それが夢だと気づくのに時間がかかった。常日頃なら「いつもの予知夢だ」とすぐに気づくのに、その日は、まるで昼間のおでかけの続きを楽しんでいるような気持ちの夢だったせいか、その夢を追いかけるのが楽しかった。

もっと見たいと思った。

夢を見ている時間が幸せだった。

そう、紛れもなく幸せだった。

苦痛はなく、悲しみもなく、魘される自分の声も、頭の痛さもない。

初めて、夢が終わるのが惜しいと思った。

言葉にしてみると、なんてことない夢なのだ。

真っ青な空と白く眩《まぶ》しい太陽の下、バカみたいに広い庭に、バカみたいに大きな滑り台やブランコが置いてあって、まるで遊園地みたいで、芝生でピクニックをして、ビールで乾杯して、トキジの作った弁当を広げて、バーベキューもして、家で焼いたアップルパイを食べて、コーヒーや紅茶を飲んで、その背後には、これまたバカみたいに大きな家があって、いつもはそこで暮らしていると分かっている。ここが自分の家だと知っている。

登場人物はオリエとトキジとスーリヤ。

三人とも薄着だったから、季節は春。

オリエは必死になって、「この夢見で忘れてはならない物や出来事はどれだ？　なにが必要だ？　このあとどんな事件が起こる？　トキジとスーリヤのどちらが危険な目に遭うんだ？　それとも、二人ともか？　助けるために俺はどうすればいい？」と隅々まで夢を観察するが、夢のなかのスーリヤが、夢のなかのオリエに飛びついてじゃれてきて、後ろに倒れてしまう。

ちょうどトキジの背中に凭れかかるかたちで受け止められて、尻尾がオリエの腹に回る。ごめんごめんとオリエが謝り、スーリヤがオリエの肩越しにトキジの背中から頭に上《のぼ》って遊び始める。

トキジはじっと動かず、「すまん、……オリエ、こぼす前に俺の足もとのビールだけ遠くへやってくれ」と頼むから、オリエは飲みかけのトキジのビールを飲み干してしまう。

ただそれだけだ。

ただそれだけのしあわせが、延々と、永遠と、続く。

ただそれだけなのに……。

「……ひっ、ぅ、ぁ……」

オリエは自分の泣き声で目を覚ました。

夢のなかの自分が急に泣き始めて、それがそのままベッドで横になっているオリエの涙になった。もしかしたら、先にオリエが泣き始めて、そのまま夢のなかでも泣いてしまったのかもしれない。

どちらにせよ、気づいた時にはもう自分で止められなかった。

スーリヤが目を醒ますかもしれない。

トキジは絶対に起きてくる。

咄嗟《とっさ》に自分の口を手の甲で塞《ふさ》いだが、頬を伝うものは止《と》め処《ど》なく流れ落ち、しゃくりあげるたびに喉の奥がつんと痛み、息を吸うたびに肩は震え、息を吐くと同時に呼気は嗚咽《おえつ》に変わり、泣き声にかぶさるように次の泣き声が待ち構えていて、いくらでも溢れてくる。

どうしよう、……どうしたらいい？

起きて、バスルームへ行って、シャワーを浴びている振りをしていればそのうち涙は止まるだろうか。

「……っ」

息を吸った瞬間、気遣うようにオリエの首筋に尻尾が触れた。

頬から顎先、首筋を伝い流れた雫を遠慮がちに拭うような、繊細な触れ方だ。

潤む視界が部屋の薄明かりに慣れてくると、日が暮れる寸前の真っ赤なおひさまみたいな瞳と、そのおひさまがもうすこし夜と仲良くなったような紫がかったまん丸の瞳がオリエを見つめていた。

どうやら、二人ともとっくに目が醒めていたらしい。二人はそれぞれの寝床を出て、オリエのソファベッドの傍らにいた。

「……おりえ、ぉ、りぇえ……」

トキジの鬣に埋もれたスーリヤが寝間着姿のままオリエの頭を撫でる。

オリエの泣き声につられたのか、スーリヤも一緒に泣いて、しゃくりあげて、尻尾をぎゅっとオリエの手に巻きつける。

「………スー、リヤ」

「スーリャだよ、ぉりぇえ……」

トキジの懐から出たスーリヤはオリエのベッドに潜りこみ、オリエの懐で丸まる。しゅんしゅん、すんすん。鼻を鳴らす。オリエのシャツにじわりと温かいものが染みていく。

「…………」

オリエはスーリヤの頭のてっぺんに鼻先を埋もれさせ、その小さな体温を宥《なだ》めるように背中を撫で、ゆっくりとトキジを見上げる。

ベッドサイドに両膝をついたトキジはなにも言わずオリエを見守ってくれている。

「…………」

なにか、言わないと……。

なにか言いたいのに、声を出そうとすればぜんぶ泣き声に代わってしまう。

「大丈夫だ」

「…………」

「声を殺して泣かなくていい。ここには俺がいる。俺には聞かせていい」

「……ぅ、……ぁ」

トキジの声を聴くだけで、トキジの顔を見るだけで、幸せな夢が一瞬で脳裏に蘇《よみがえ》り、また涙が溢れる。

トキジはそれを怖い夢を見たせいだと判じ、「大丈夫だ、傍にいる。怖くない。悪い夢は見ない」とやわらかな低音で語りかけ、毛布から出たオリエの手を握ってくれる。繋いだ掌から与えられる安堵は、オリエの呼吸と心を穏やかなものへと導く。

俺をもっと泣かせるつもりなのか……。そう言ってやりたくなるほど、トキジの熱は優しかった。

「……トキジ」

「どうした？」

「しあわせな夢を見て、どうしていいか分からない……」

初めて見るタイプの夢はあまりにも幸せで……。

単なる夢なのに、この幸せをどう受け止めていいか分からなかった。真に受けてしまいそうで、怖かった。自分がこんなことで幸せを感じるほどトキジやスーリヤに依存しているなんて……。

自分が幸せだと思う夢にスーリヤとトキジを巻き込んでいる。独り善がりな夢だ。スーリヤやトキジが望む幸せは、オリエと同じものではないかもしれないのに、オリエが幸せならトキジとスーリヤも確実に幸せなのだと勝手に決めつけている夢を見てしまった。

「大丈夫だ。幸せな夢はお前を苦しめない」

「…………」

「いつもと違う夢を見れば誰だって戸惑う。お前の場合は、悪い夢に対しては身構えていたが、幸せな夢に対しては心の準備ができていなかっただけだ」

「…………」

「いままで一人で悪い夢と向き合ってきたせいか、お前はいつも夢から醒めるとまず声を我慢して、心を殺したような顔で携帯電話に向き合って、悪夢に向き合って、現実だけを見る」

夢を見て怯える自分の心を守ることもせず、頭痛や吐き気から自分の体を守るでもなく、誰かを守るための行動を優先する。自分を後回しにして、無防備なまま傷つけられた心身すら「こんなものだ」と折り合いをつけてしまう。

その一部始終をトキジだけが客観的に見て、知っている。

オリエの知らないオリエを知っている。

「……オリエ」

トキジの鼻先がオリエの唇に触れる。

唇を濡らす涙を拭うように、そっと唇を重ねる。

「なんで、……いま、それだ？」

「幸せに狼狽《うろた》えるお前があまりにも愛しくて」

「…………」

「愛しいと、キスしたくなるものだ」

「それが、いま？」

「いつも四六時中朝から晩まで思っているし、なんなら夢でもお前にキスする幸せな自分を夢見ている。……だが、いままでは自制心が勝っていたから、実行に移さなかった」

「……でも、いまは？　負けた？」

「ああ、負けた。お前の許可を取らずにすまん。だが、これからもお前を愛しいと思って、愛しいお前を慰めたいと思って、俺が俺の愛をお前に押しつける時にキスをすると思う」

「押しつけるのかよ……」

「俺は少々強引なところがある。お前が嫌ならもう二度としない。さっきのことも謝る。弱みにつけこむ真似をした」

「気にしなくていい。こっちだって、打算でお前の優しさに寄りかかってる。……それに、モーテルであんなことしてんのに、いまさらだろ」

「それは、キスも、あの時のことも嫌ではない、という理解でいいか？」

「……………返事は、もうちょい待って」

「そうだな。弱っている時に尋ねるべきことではないな」

「……俺、……夢見て、泣いたんだよ……」

「そうか」

「しあわせなゆめは……俺に似合わない……」

「そうか？」

そんなことあるものか。トキジは片眉《かたまゆ》を持ち上げて笑う。

そうして笑い飛ばしてもらうと、オリエの肩から力が抜けた。そこでやっと体に無駄な力が入っていて、自分では規則正しく息もできていなかったのだと気づく。

「……ときじも、こっち」

スーリヤはトキジの手を掴み、布団に入ってこいとねだる。

オリエのシャツにスーリヤの顔の形そっくりの涙の痕《あと》ができているが、オリエが泣き止《や》むとスーリヤも涙が止まったようで、「ふぁぁあ～」と大きな欠伸《あくび》を漏らす。

トキジはオリエを見やり、オリエが頷くのを確認してから静かにベッドに入った。

「……ふふっ、デパートのメリーちゃんみたいね」

眠たげなスーリヤがふにゃりと笑う。

トキジが横たわった右側だけ軋んでベッドが下がったのが、デパートの屋上で乗ったメリーゴーラウンドのようだと思ったらしい。

「沈んだままで、上がってこないけどな」

真ん中にスーリヤを挟んで、オリエがトキジを見やる。

「……壊れないでほしい」

トキジはベッドが限界に達していないことを祈り「減量するか……？」と尻尾をうろうろさせた。

「筋肉は重いもんなぁ……」

幸せな夢で泣いただけ。

泣いていたのに、もう、自分が笑っている。

ただそれだけでこんなにも慰められて、二人のおかげでもう涙が引っ込んでいる。

兄姉がくれる過保護な家族の愛情とは異なる心地好さ。トキジの寄り添い方は、まるでオリエが夢見たように、倒れそうになったところにトキジの背中があって、そっと指先が触れ合うように座っていて、じっと傍にいてくれるような優しさ。

それは、オリエにとってこの世で一番の贅沢《ぜいたく》な気がした。

＊

荷物が届いた。何月何日の発注分かとオリエが自分の夢を思い返していると、「軍に荷物を運んだ日の朝に見た夢の分だ」とオリエより先にトキジが答えた。

近頃、オリエの夢にかんする物事はトキジのほうがしっかり把握している。オリエは夢を思い出すたびに蘇る不快感や悲しさ、つらさをトレースする機会が減って、ストレスが軽減されたが、その分、トキジに負担を強いているのは確かだ。

本人はどこ吹く風だが、このままではいけない。

「通い婚にしよう」

甘え切った現状を打破するために、思い切ってオリエはそう提案してみた。

「……俺を追い出すのか」

トキジは読んでいたお菓子作りの本を取り落とし、絶望した。

「オリエ、トキジをいじめちゃだめ。かわいそう。しっぽがふにゃふにゃ」

本を拾ったスーリヤがトキジの尻尾を撫でた。

尻尾どころか狼耳までふにゃふにゃになってしまい、トキジが、「結婚もしていないのに追い出される……三行半《みくだりはん》なのか、これは……」と一人で勝手に絶望に拍車をかけていく。

このままでは仕事に支障をきたす気がしたので、オリエは別の手段を講じることにした。

その日は、出社前の早朝から自宅に複数の荷物が届いた。

まだ仕事の依頼はきていないが、おそらくはここ数日中に必要な物のはずだ。

梱包を解いてそれぞれ検品する。

一点目は、マタタビだ。飼い猫用ではなく、本能に支配されて凶暴化した大型ネコ科獣人に与える特殊な薬物だ。二点目は、子供服や勉強道具。サイズ感や内容からしてスーリヤにはまだ早すぎるので、今後、仕事でかかわる子供が必要とするのだろう。

「毎度どうも、調達屋です」

荷物を仕分けする際中に玄関チャイムを鳴らしたのは調達屋のコウとウェイデだ。

この配達品だけは毛色が違って、一般的な通販会社では調達できない代物だった。

「ご注文の、チャイナタウンで一番の大物廣寒幇《ヴァンハンバン》の頭領の連絡先、最新版です」

「繋がらなかった時の保険として、頭領の秘書と愛人それぞれの電話番号もつけておく」

「現金で」

アシのつかない現金でオリエが輪ゴムで巻いた札束を渡す。

「珍しいね、オリエ君がこういうの注文するって」

「だよなぁ。俺もこの手のは久しぶりかも」

顔見知りの調達屋コウと玄関を入ったところで世間話をする。

「いつものことだけどさ、仕事で無茶しないようにしなよ」

「おんなじセリフ返すわ。……そっちは元気か？」

「おかげさまで」

「息子……っていうか、引き取った子供、ミホシだったか？　ミホシも元気にしてるか？　長いこと顔見てねぇわ」

「元気元気。めちゃくちゃ元気。最後に会ったのってうちで開いたクリスマスパーティーだっけ？　会いたがってたよ」

「近いうちに顔見に行く。それと、お前に紹介してもらったロクサーヌの託児所、世話になってる」

「そうなんだ？　よかった。うちもよく世話になってるんだよ。……ところでオリエ君、ちょっと会わないうちに丸くなった？」

「太ったか？」

「いや、性格的な意味」

「あぁ……、いや、どうだろう。いま、子供と暮らしてるからそれがあるかもしれない」

「それで託児所が必要だったのかぁ……」

「成り行きでな。今度、改めて紹介する。……いまは恥ずかしがって自分の寝床に隠れて出てこないんだよ」

オリエが背後を見やると、さっきまでトキジと一緒にリビングにいたスーリヤの影も形もない。

「狼の匂いがする。……大丈夫か？」

それまで黙っていたコウの相棒のウェイデは、ちょっと見ない間にオリエの家が生活感に溢れていて、子供以外にも、大人の大型獣人の気配があることを察したらしい。

自分の縄張りに他人を入れないオリエを知っているからか、一気に変わった環境を心配しているのだ。そして、おそらくは、過去に嗅いだことのある匂いから、トキジだと察して、オリエとトキジの仕事上の関係を思い出し、問題を抱えているのではと慮ってくれている。

相変わらず、コウが選んだ男はイイ男だ。

「あー……これもまた諸事情あって、また改めて説明するんだけど、いま、俺と、その子供と、東雲総合環境整備保障の社長と一緒に生活してる」

「…………それって、前に電話で愚痴ってた見合い相手のアレと関係する？」

「お察しがよくて助かります」

「……でもさ、オリエ君と東雲の社長って……会えばケンカしてなかったっけ？」

「そうなんだよなぁ……。でもまぁ、問題はない。なんとかやってるし、助けてもらってる」

「そっか、オリエ君がそう言うなら安心した」

「なにかあれば連絡してこい」

調達屋の二人は持ち前の親切心から本心でそう声をかけ、立ち去った。

二人を見送ってから、玄関を施錠して、奥の寝床に声をかける。

「スーリヤー、お客さん帰ったぞ。出てきて大丈夫だ」

スーリヤの狭い寝床を覗くと、そこに強引に頭だけ突っ込んだトキジと、その頭と肩の隙間に埋もれて隠れるスーリヤがいた。首だけ隠れた大型獣人の本体が寝床から生えているようにも見えて、奇妙だ。

「だいじなの、かくしたの」

知らない人は、こわい。

オリエが玄関に出て守ってくれるから、スーリヤは、トキジを隠して守ってあげたの。

「そっか……、この巣穴に入りきらないでっかいのを守ってあげたのか、えらかったな」

オリエは真剣な表情のスーリヤを抱き上げて褒めちぎる。

子供の行いとは、なぜこんなにも愛しいのか。知らず知らずのうちに笑みがこぼれてしまう。

「スーリヤ、俺ももう出ていいか？」

「まだだめ。トキジはそこにいて」

「……分かった」

オリエが笑う気配があるのに、トキジは巣穴の向こうの壁とクッションを見つめ続けながら、オリエの笑顔を独り占めするスーリヤと場所を代わりたいと思った。

＊

荷物が到着した日の夜、緊急連絡が入った。

オリエとトキジ、それぞれの会社で導入しているセキュリティ会社からだ。

第一報は、社屋への侵入があり、警報装置が作動したのでセキュリティ会社が警察に通報し、警備員も急行しているという内容だ。監視カメラで確認したところ、既に侵入者は撤退済みらしい。

当直を含め、両社屋は無人だったが、警備会社の検分の立ち合いのため、オリエとトキジは即座に自社へ向かう支度を始めた。

普段、オリエはバイクだが、納品されたばかりの新車にスーリヤを乗せて会社へ向かった。スーリヤを夜間の託児所に預けることも考えたが、時間的な余裕がなく、スーリヤも連れていくことにした。

まもなくセキュリティ会社から連絡があり、強盗放火であり、社屋で小火《ぼや》が発生したという第二報が入った。同じく、トキジの会社も火がつけられたらしい。

オリエとトキジの携帯電話と各自の車をリンクしているから、セキュリティ会社を挟んだやりとりはすべて双方ともに把握できる。

会社へ向かう車中で、それぞれのスタッフに連絡を入れ、指示を出す。

侵入者によって職場の一部が荒らされ、電子機器等の記録媒体が破壊されたが、幸いなことに、どちらの会社も防犯システムが正常に作動し、最小限の被害で済んだ。小火で設備の一部が燃え焦げたが防火システムを修理していたおかげで大きな火災は免れた。

夢で見た通りになった。

オリエとトキジがそれぞれ自社に到着する頃には、セキュリティ会社と警察と消防車が勢揃いしていた。

オリエは、厚着させたスーリヤをブランケットに包み、抱きかかえて警察や消防と話をする。耳元のイヤホンでトキジと繋がっていて、情報共有を行い、警察や消防にもこれまでの経緯を説明しておく。そうする間に、職場近くに住む部下数名と弁護士が来てくれて、実況検分が始まった。

　オリエたちも社屋に入り、被害状況を確かめる。

　この騒ぎのなかでもスーリヤはよく寝てくれていて、時折、ブランケットの隙間から尻尾がぽろりとこぼれ出て、そのたびにオリエが抱きかかえ、尻尾をしまう。

「代表、なんか育児が板についてきましたね」

「だろ？　最近、靴下を履かせるのが上手になってきた。あと、自炊するようになった」

「代表が!?　……はー……、だから最近顔色がいいんですね」

「いや、俺が作るのは焦げたパンとか焦げた卵だけなんだけど、トキ……いや、東雲の社長が上手いんだよ、メシ作るの」

「……東雲の社長がメシ作ってるんですか？」

「言ってなかったか？　アイツ、いま俺んとこで押しかけ女房してるって」

「…………代表って元からあんまり自分のこと話さないし、もちろん、プライベートをなんでもかんでも俺らに話す必要はないですけど、たまにはちょっとずつ小出しにしてもらわないと情報量が多すぎて困ります」

「最初から話すと、見合い相手が東雲の社長でさぁ……、この話、長くなるからやめとくか……？」

「社屋を片づけるなり、改装なりしないといけないでしょうから、それが落ち着いたら、今度、飲み会しましょう。その時に話してください」

「おう。……しかしながら世の中のお父さんお母さんは尊敬する。お前んとこ、五つ子だろ？　すごいよ」

「俺としては、代表の胃袋を握った東雲の社長のほうがすごいと思います」

「……ああそうか、俺、握られたのか」

「そうですよ」

「やばいな、俺、絆《ほだ》されちゃってるじゃん」

「……代表、なんか、肩から力が抜けてていい感じですね」

五つ子の父親の社員は、オリエの穏やかな雰囲気に目を細めた。

「前の代表だったら、燃えた社屋を前にしてこんな呑気《のんき》に世間話するタイプじゃなかったですからね」

弁護士も、いまのオリエを好意的に受け入れている。

オリエ自身も、自分の変化に拒否感はなかった。

いつも肩肘《かたひじ》を張って生きていた気がする。先のことばかり見据えて、今現在の自分自身と向き合わずにいた。トキジやスーリヤとかかわるようになってから、自分を取り巻く世界が広がった。

この生活がなければ、いまのオリエはない。

この生活を、……自分の生活を守るために働いて、生きるということを考えてもいいのだろうか。

「……でもまぁ、まずは、会社のことだな」

空も白み始めた頃、実況見分も終了した。

トキジのほうも同じような状況らしい。

グリウム・クリーニングサービスと東雲総合環境整備保障は警察と友好な関係を築いている。両社を狙った強盗放火は関連性があり、事件として取り扱うと決定され、捜査状況や犯人にかかわる情報も逐一両社に流してもらえる。

消防と警察が撤退すると、そろそろ起床しているだろう早番のスタッフに連絡を入れた。

午前六時を回る頃には、社員が続々と顔を出し、化学班は侵入者の残存遺留物を探索し、それが終わると各々の机周りや担当部署の被害状況をリスト化し、情報システム担当は監視カメラの映像分析を始めた。

オリエは水浸しの会社の机に腰かけ、片足は垂らして片膝を机に乗せ、スーリヤを抱いて思案する。

銃火器や貴重品を保管する金庫や地下室は手つかずだった。被害が大きかったのは会社のデータサーバだ。スタッフの出退勤や備品の発注といった日中の業務用と清掃業務用とでサーバを分けているが、主に、清掃業務中に記録した全情報が入っているサーバが被害に遭った。サーバ本体に使用されている金属が盗まれるといったことはなく、ただただ純粋にサーバルームへ侵入して破壊し、小火で電子機器をショートさせている。

「東雲総合環境整備保障、いまいいか？」

繋ぎっぱなしだった電話口に話しかけた。

『ああ、いいぞ。グリウム・クリーニングサービス』

電話口から、すぐに応答がある。

互いを社名で呼ぶのは、頭を仕事に切り替えているからだ。それを察したトキジも社名で呼び返してくる。

「うちのサーバに不正アクセスの痕跡《こんせき》がある。いま復旧作業中なんだが、ここ一年くらいの清掃業務中の記録が目当てだと思う。そっちはどうだ？」

『うちは自壊システムが作動してデータを盗まれる前に自動消去が働いたようだ。同じく復旧作業中で、どの情報が目的だったのか痕跡を含め、サルベージしている』

「クラッキングしてデータを消去しつつ、サーバ本体も物理的に破壊し、なにかを完全に抹消しようとした……ってことだな」

『やり口が似ている。おそらくは掃除屋。同業者だ。うちやお前のところとは異なり、随分と仕事の粗が目立つが……』

「同業にケンカを売られるとは、舐められたもんだ」

『うちとそちらに侵入した犯人は、それぞれ別の掃除屋だ。セキュリティ会社の監視カメラの映像を確認したが、犯人の装備品は市販の新品を使っていたし、清掃の手癖も、うちとそちらで異なっていた。ただ、鍵の開け方と侵入方法から見て、家屋侵入か窃盗の前科がある掃除屋だ』

「一人の依頼主が、二つの掃除屋に依頼を出した可能性が高いな」

スーリヤの背中を撫でるように一定間隔で叩きながら、肩で息を吐く。

ふと視線を下げると、スーリヤの耳だけがオリエの顔のほうを向いていた。もしかして、と思い、耳元のイヤホンをすこし浮かせてみると、イヤホンを追いかけるように耳の先が動いた。

『どうした？』

「んー……、イヤホンからお前の声が聞こえるらしくて、スーリヤの耳がイヤホンの音を追いかけるんだ。人外の聴力ってすごいな。このイヤホン、超音波とか低周波とか聞こえる人種とかコウモリ科とか対獣人外用の盗聴と音漏れ対策してあるのに……」

『スーリヤはどうしている？』

「よく寝てる。……お前の声が聞こえると寝つきがいいし、安心するのかもな。ああそうだ、たぶん今日は遅くまで帰れない。これから会社の片づけだ。あと、話が脱線するんだけど、スーリヤのスリングかおんぶ紐《ひも》？　っていうのか？　ああいうのが必要だと思った。

抱きかかえながらの仕事は無理だ」

『注文してある』

「それ、俺が夢で見たやつだっけ？」

『いや、お前の夢ではない。俺とお前の生活状況からみて必要だと思ったから、自宅用と、それぞれの車に入れておく用で三つ頼んだ。今日の午前中の配達になっている』

「じゃあ、配達先をこっちに変えてもらっていいか？」

『構わん。三つとも受け取っておいてくれ』

「……ありがとう。助かった」

『どういたしまして』

「それじゃあ、報告は以上、……いや、ちょっと待ってくれ」

　通話を終了せずそのままにして、オリエの傍へやってきた情報システム専門の部下に
「どうした？」と声をかける。

「先日、代表から頼まれてた仕事の件なんですが……」

「分かった。……トキジ、ちょっと一緒に話を聞いてくれ。そっちの会社にもかかわる話だから、部外者が傍にいないかぎり場所は移動しなくていい」

　トキジの了解の返事を聞いてからイヤホンを外してスピーカーに切り替え、部下に続きを促す。

「今日のサーバの不正アクセスですが、先般のミハイル関連の清掃データが目的だった可能性が高いです。侵入の痕跡を辿《たど》ったところ、ミハイル関連の事案を抱えた前後で念入りに掃除されています。……そこで、代表に頼まれてた、ミハイル関連の記録データをおさらいしていて気になっていた部分と、速攻で復旧したデータを重ねて確認したところ、なんというか、ちょっと……言葉では説明しにくいものを見つけてしまいまして……、オリエ代表の後方カメラの記録で、映像が悪いんですけど……」

グリウムと東雲のPCをリンクし、両者間で電話と画面の共有を行う。

部下が再生したのは、ミハイル救出前後の映像だ。

映像の隅に「オリエ」と表示があることから、この動画がオリエの装備していた記録用小型カメラの録画だと分かる。ミハイルを保護した直後で、オリエの背後にミハイルが映っていて、口パクでなにか喋っている。おそらく、オリエが装備している記録用カメラが正面だけでなく背面も撮影していることを知らないから、こうした行動に出たのだろう。

『オリエ、この時、お前の周辺には誰がいた？』

「俺の前方に売春組織のメンバー。あの百キロ超えの男だ。後方にミハイル。あとは、お前とスーリヤだ。……もう一度、いまの映像を再生してくれ」

トキジの問いに答えつつ、部下に頼んで同じ映像を再生する。

ミハイルは売春組織のメンバーへ向けて、唇だけでなにか指示を出している。

「お……して、ろ」

オリエは唇を読むが、映像が途切れ途切れで細部までは読み切れない。

だが、ふと思い出す。

「このあと、トキジ、お前が前方から来る」

『すこし待っていろ』

トキジが電話の向こうで動く。自分の部下に声をかけ、同じ時間帯の東雲側の記録を確認できるか確かめている。

「トキジ、どうだ?」

『ダメだ。復旧までに時間がかかりすぎる。すぐには確認できない。……が、待て、待て待て……本体が残っている』

大きな体が再び動いて、ＰＣのモニター画面からフレームアウトする。

オリエは手隙の合間にほかのスタッフに指示を出しつつ、腹が空《す》く頃だろうからと近所のコーヒー屋とトキジの会社の近くのカフェに連絡して、コーヒーと軽食を配達してもらうよう注文を出す。

そうこうしているとトキジが戻ってきた。

『俺の装備している小型カメラは、映像記録を本部サーバに自動で送るんだが、同時に、カメラに内蔵されている記録媒体にも同じものが記録される。この記録媒体はカメラに入れたままだからデータも破損していない。無事だ。お前が言っていたシーンも残っている』

言うなりトキジは記録媒体をＰＣに繋ぎ、オリエの肩越しにミハイルが口を動かすシーンまで映像を早送りする。

「……お、…………して、ろ」

オリエの映像とトキジの映像を繋げると、読み取れなかった一度目の言葉のあと、ミハイルが続けてもう一度なにかを命じていた。

「……おと、なし……して、ろ」

『おとなし……く……、おとなしくしていろ』

オリエとトキジの声が重なる。

ミハイルが売春組織のメンバーへ向けて「おとなしくしていろ」と命じている。

「売春組織のメンバーは全員ミハイルの両親に引き渡した」

『把握しているかぎり、その全員が事故や薬物で死ぬか行方不明だ』

「映像のなかでミハイルが命令していた男も死んでいる」

『あいつらの消され方は掃除屋のやり口じゃない。殺し屋の仕事だ。あの売春組織にかかわった者が口封じで殺されたのは確かだ』

「スーリヤも命を狙われた」

『ミハイルか、ミハイルの両親のどちらか、または両親の両方が売春組織と関連がある。そして、昨夜《ゆうべ》、あの件にかんする情報の抹消を試みた。スーリヤはあの組織にいた唯一の生存者だ』

「もしかしたら、覚えてないだけで、スーリヤはなにかの目撃者かもしれない。だから病院で殺されそうになったのだとしたら……」

『もし、全員の口封じを狙うならスーリヤは今後も狙われる』

「………すーりや、おきた……」

トキジとオリエが何度も名前を呼んだからか、スーリヤがむにゃむにゃと目を醒ます。そろそろスーリヤがいつも起きる時刻というのもあるだろう。

「起きてメシ食うか？」

「ん～……もうちょっと……」

オリエの問いにスーリヤは丸くなって答える。

昨夜もよく眠っていたが、今朝もまだ眠いようだ。託児所に預けていた時も、「お昼寝は一番最初に寝て、一番最後に起きたので、おやすみ時間が長かったです。おやつにあわせて起こしましたが、うとうとしていて結局おやつは食べられませんでした。事前にお知らせいただいた生活習慣でも睡眠時間が長い傾向にありますが、お医者様の診断では、人外という特性ゆえとのことで……。いちおう、合計の睡眠時間を書いておきましたので、参考にしてください」と睡眠時間の長さを指摘されている。

人外は生態系が多様すぎて把握しきれないのが実情だ。

入院中も覚醒《かくせい》するまで時間がかかったし、いまでも、しょっちゅう欠伸をしている。

いまのところ、遊んでいる最中にいきなりぱたりと倒れるということはないが、トキジの膝にいると、瞬く間にうとうとし始めるし、風呂に入れたら必ず眠る。

どちらかというと、一ヶ所にどっしり座ってパズルや絵本で遊び、じっと過ごす時間が長い。オリエかトキジがいれば滑り台で遊んだり、公園にも行くが、活動的に、能動的に、自ら動くタイプではない。そのわりに、運動量と比較すると食欲旺盛《おうせい》だが、太ってくることもない。体重にかんしては最初が軽すぎたということもあるが……。

「ひとまず、スーリヤの安全確保を最優先で動く。……東雲総合環境整備保障、お前、こっちに来るなよ。お前はお前の会社の面倒を見ろ。俺も当分ここを動かない」

いますぐオリエとスーリヤのもとへ駆けつけそうなトキジに釘《くぎ》を刺し、会話を終わらせた。

＊

保険会社との話し合いや社屋の清掃に目途《めど》がついたのは日暮れ前だった。

夢で見ていたせいか、大きな仕事は受け請っておらず、社員が絶対に出社する必要もない。安全を考慮してこの件が片づくまでは可能なかぎり全社員を在宅勤務とした。

「俺が一世一代で築いた会社に火ぃつけたうえにクソ高いサーバぶち壊しやがって……、うちの可愛い社員が怪我でもしてたらどうしてくれる」

オリエは会社が無人だったことを心底喜んだ。

いつもなら当直がいるのだが、夢見で無人にしておいたのが功を奏したようだ。

「代表、会社も落ち着いたし、一回帰って寝てください」

部下たちに促されて、オリエとスーリヤはトキジの迎えを待った。

自分の車で帰ってもよかったが、できるだけトキジと行動を共にしたほうがスーリヤの安全度が上がる。トキジの到着を待つ間、スーリヤと手遊びしたり、ほかのスタッフに遊んでもらったり、スーリヤはご機嫌に尻尾をびたびた振っていた。

「くぁ、ぁあぁ～……」

小さな口を大きく開けて、スーリヤが大欠伸をする。

「眠いか？」

オリエの足もとに寄ってきたので抱き上げる。

眠たげなのに、体温はあまり高くない。

「今日の晩メシなにかなぁ……？」

眠たげな声でスーリヤがオリエの口真似をする。

「俺の口の悪いのが移っちゃったな……。スーリヤ、晩メシじゃなくて、晩ご飯って言おう。オリエも気をつけるから」

「……？」

「晩ごはん、なにかな？」

「ばんごはん……」

「そう、晩ごはん。今日はトキジも疲れてるだろうから、デリバリーかな。でも、大人がデリバリー食ってたらスーリヤも食べたくなるよなぁ。仲間外れみたいで可哀想だからデリバリーはナシだな。スーリヤの食べるものはトキジが作り置きしてくれてる野菜を食べようか」

「からあげ……、たまご、あっぷるぱい……」

口元をむにゃむにゃさせて、よだれをこくん。

「ぜんぜん野菜じゃないな」

「やさい、いや」

「オリエも頑張って食べるからさ」

「オリエがんばって。すーりや、がんばらない」

「いっしょに頑張ってくれないのか？　トキジが可哀想な顔するから、野菜食おうぜ？

「……スーリヤ？　寝たか？　……スーリヤ、スーリヤ？」

「代表、どうかしましたか？」

「……スーリヤの呼吸が落ちた。救急に、いや、セントラルホスピタルに連絡、それと、救命キット！」

　オリエの腕のなかでスーリヤが脱力し、呼吸数が落ちる。規則正しくはあるが脈拍も落ちて、急激に体温も下がった。それに呼応するように顔から血の気が引き、手足が冷たくなる。

　スーリヤが入院していた病院の医師に連絡をとり、救命キットで救命措置が必要か否かを判断する。心臓は正常に鼓動していて、救命措置は不要と判断される。

　この感じ、人外特有の症状に似ているが、昏睡《こんすい》に近い眠り方は脳の可能性もある。救急車を呼んで運ぶよりもオリエが運んだほうが速い。オリエはスーリヤを車に乗せて病院へ向かった。

　車中でトキジに連絡を入れ、病院で落ち合うことにする。

「スーリヤ、スーリヤ、聞こえるか？　絶対に助けるから、大丈夫だからな」

　聞こえているかは分からないが、オリエは声をかけ続けた。

　車を走らせて間もなく、後方にぴったり張りついてくる車両があった。最初は一台、途中の曲がり角で二台に増え、オリエの車の左右を挟むように三台目が合流する。幅寄せされて進路を妨害され、曲がるべき道で曲がれない。

「……トキジ」

セントラルブリッジを渡りながら音声通話でトキジに声をかける。

『どうした？　スーリヤになにかあったか？』

「スーリヤは変わりない。それより、いま、大通りを抜けて旧市街地へ入った」

『病院とは道が違うぞ』

「ああ。……左右と後ろに車をつけられた。敵と判断したほうがいい。たぶん、俺とスーリヤだけになるところを見張ってたんだと思う。お前も気をつけろ」

『こちらに尾行はない』

「よかった。俺の車載カメラの映像、お前の携帯電話からでも見られるよな？　車両ナンバーと車種で、敵の正体、割れるところまで割っておいてくれ。たぶん、俺は捕まる」

『……オリエ？』

「左右に横づけにしやがった車、こっちに銃口を向けてる。大型獣人仕様、それも軍用だな。アレを何発もぶち込まれたら防弾ガラスだろうがなんだろうが意味ねぇわ。スーリヤがいたら車ぶつけて逃げることもカーチェイスもできないし、手詰まりだ。病院に連れていく前に死んじまう」

『幅寄せしてくるだけか？』

「ああ。殺すつもりなら、さっき、周りに車のないセントラルブリッジを渡ったところで川に突き落としたはずだが、してこなかった。殺すつもりはなさそうだ」

『病院に現れた殺し屋は、目撃者であるスーリヤの抹消を試み、放火犯はありとあらゆるデータを抹消しようとした。……だが、今日の犯人はスーリヤを生きて捕まえようとしている』

「どういうことだと思う？」

『考えながら運転するのはやめろ。すぐに助けに行く』

「いらねぇよ。スーリヤを狙って、うちとお前のとこに放火した分、俺が後悔させてやる」

強気な言葉を吐いて通話を切った。

音声操作で、電話やナビの通信履歴を一斉削除する。

トキジに危険が及ぶかもしれない。その可能性をすこしでも減らすためだ。

ひと気のない倉庫街まで車を誘導されて、オリエとスーリヤはそこで捕まった。

＊

大型の熊獣人が四人。人外が二人。人外は見た目で判断しにくいが、おそらく片方は悪魔科の狗《いぬ》だ。双頭だから分かる。もう片方の人外は完全に人間の見た目で正体は分からない。倉庫の外の三台の車にはそれぞれ運転手がいて三人。合計九人がオリエの敵だった。

「おとなしくそっちのガキだけ渡せばお前の命は助けてやる」

この集団のリーダー、双頭の狗が喋った。

「熊の四人組が誘拐屋で、そっちの人外二人組が殺し屋か」

「察しがいいな」

「……お前らの依頼主は、ミハイルかカルヴィ家、どちらだ？　それとも、両方か？」

「なんだ、そこまで分かってんのか」

「…………」

カマをかけただけだが、簡単にゲロってくれて内心で拳を握る。

昏々《こんこん》と眠るスーリヤを両腕で庇《かば》うように抱き、オリエは相手を観察する。倉庫の奥まで追いやられて逃げ場はないが、勝算はあった。

「お前、清掃業なんだってな。ド素人か？　ガキなんざ捨てちまえばいいのに……、両手が塞がってちゃ銃も撃てんだろ？」

「…………」

スーリヤを連れて逃げ切るのは難しい。抵抗してもこのままでは相打ちだ。スーリヤともども……という可能性もある。

せめて死ぬなら、悪党ども全員地獄へ道連れにして不幸にしてやる。

「お前ら、俺の正体を知ってるか？」

オリエは六人に問いかける。

正体を知らぬ六人は怪訝《けげん》な表情を作り、「お嬢ちゃん、強がってんのか？」とオリエを煽《あお》り、余裕を見せているが、オリエにはそのほうが都合がよかった。

「うちの実家はアウグリウムっていってな、占竜族って分類になる。……占竜族って知ってるか？　占いでメシ食ってる家系だ。まぁ、面倒が多いから表向きそういう説明にしてるんだが、簡単に言うと、預言者《よげんしゃ》だ。一族全員、出来不出来に差はあるが、先が見えるんだよ」

アウグリウム。占竜族。それらに聞き覚えがあったのか、敵に回すと厄介だと察したのか、オリエの余裕に得体の知れない気味の悪さを感じ取った各々が警戒を強めた。

だが、その警戒は無意味に終わった。

「先を見るっていうのは、未来視だ」

スーリヤを抱いたブランケットの隙間からナイフを取り出し、投げる。

それで人外一匹が絶命する。

残る五人が反射的に四方へ散るが、それより先にオリエが銃弾を放つ。敵から見れば、でたらめな方角に撃ったように見えるが、その銃弾は、五人が隠れようとした先に到達する。敵が自ら進んで銃弾の到達点に走っていったようなもので、五人それぞれの眉間や脳髄、心臓を撃ち抜く。瞬く間に全員が地に伏し、息をする者は一人もいない。

　オリエが倉庫の出入り口から様子を窺うと、三人の運転手は車中で待機したまま熱心に倉庫の扉を見張っている。出入り口から一人目を撃ち殺し、車外に出て携帯電話を見ている二人目を処理する。三人目はさすがにオリエに気づいて車を動かそうとするがオリエの銃が既にタイヤをパンクさせていて、車外に出ようと頭を出した瞬間ぴったりにオリエの銃弾が飛来する。

　人を殺す場面をスーリヤに見せずに済んだことだけが幸いだ。

　オリエは自分の車まで走り、後ろのチャイルドシートにスーリヤを乗せる。

「…………ふぁ、あぁああ～……」

「スーリヤ？」

「すーりゃ、おきた！」

　スーリヤの体にシートベルトを掛けていると、突然、スーリヤが大きな目を開いた。抜群の寝起きの良さでにこっと笑い、ブランケットからこぼれ出た尻尾をくるりとオリエの胴体に巻きつける。

「起きたって……、どこか痛いところとか、苦しいとか、ないか？」

「ない！　ここ寒い！」

　ぎゅっと小さくなってブランケットのなかに潜り込む。オリエの懐で暖を取ろうとするが、シートベルトに阻まれて尻尾がびたびた不機嫌に車の窓を叩く。

「すぐあったかいところ行こう」

スーリヤの額に唇を寄せ、車のエンジンをかけて暖房を入れ、携帯電話でトキジに電話をかける。

とにかく、ここを離れるのが先決だ。

オリエは車を走らせ、セントラルホスピタルへ急ぐ。どこへ移動しても、居場所はGPSで分かる。たぶん、オリエは病院まで辿り着けない。けれども、その近くまで走らせておけば必ずトキジが見つけてくれる。

スーリヤは目を覚ましたが、再び同じ状況に陥るかもしれない。今回は運が良かっただけで、次は違うかもしれない。

「なんでこういう夢は見ないんだよ……っ」

誰かの危険を察知する夢ならば、こんな時こそ見たいのに……。

オリエは自分の無能さを歯噛みした。

＊

「おりえ、おはなから赤いの出てる」

「……うん」

路肩に駐車した車中で、運転席のオリエが頷いた。

手の甲で鼻血を拭い、気を抜けば手放してしまいそうになる意識を奮い立たせ、チャイルドシートから出したスーリヤを膝に抱き、これから先のことを話しておく。

「あのな、スーリヤ、……これから、ちょっとのあいだ、スーリヤが話しかけてもオリエが返事をしなくなる場合がある。でも大丈夫、生きてるから。さっきトキジと連絡がついて、もうすぐここへ迎えに来てくれるから安心して。それまでここでオリエと一緒に待ってよう」

必要なことだけ伝え終わると、オリエはスーリヤの気を紛らわせるために他愛もない話をした。

「トキジのこと、待つ。スーリヤ、できる」

「うん、スーリヤならできる。……っ、と……ごめん」

スーリヤの頬に、オリエの鼻血が落ちて伝う。

拭っても、拭っても、止まらない。

半分人間の中途半端な人外のくせに、力を使いすぎたからだ。目を醒ましている時に強引に未来を視《み》て、未来を変えるのは、代償が大きすぎる。

体中のいろんな不具合が押し寄せてきて、どこが痛いのか、なにが不快なのか、判断できない。脳が悲鳴を上げてすべての感覚を奪っていく。ブラックアウトするのが先か、それとも、オリエの根性が勝つか……。せめて、トキジが来るまでは持ちこたえたい。

「スーリヤ、あの、さ……家に帰ったら、なに……しようか」

「おふとんでねる」

「それ、いいな……」

「ふかふかのおふとん。一番下にトキジを敷いて、その上に、オリエとスーリヤが寝るの」

「トキジを敷くんだ？」

「うん。首のふわふわあったかい。おむねのところ、ふにふにはずむ」

「寝心地、いいもんな」

「……スーリヤ、おふとんが将来の夢だったの」

「将来、布団になりたかったのか？」

できるかぎり微笑んで、震える手でスーリヤの髪を撫で梳《す》き、浅い呼吸を繰り返す。

「夢見てたの。あったかいおふとん。オリエ、スーリヤにおふとんくれたでしょ？」

「ああ」

「ちゃんと、おうちのなかにスーリヤの寝床作ってくれたでしょ？」

「うん。……気に入った？」

「きにいった！　それにね、朝、起きたら、三人で一緒に寝てたでしょ？」

スーリヤは自分の心情を一所懸命になって吐露する。

「寝てたな」

「あのね、スーリヤね、将来、こんなふうに、家族みんなで、おうちで、一緒にあったかいおふとんで寝られたらいいなって夢見てたの。まいにち、寝るところがあったらいいなって思ってたの」

「寝るとこ？」

「うん。寝るところは、帰るところでしょ？」

寝る場所は、帰る場所。毎日帰ってもいいおうち。あったかいところ。そんな場所がスーリヤにもあったらいいな。寝るところができたらしあわせなんだろうな……。

そう夢見てた。

「スーリヤ、うれしいの」

オリエの家に寝床をもらって、自分の場所をもらえて嬉しかった。

ベッドとお布団を用意してもらえて、寝る場所があるってことは、毎日ここに帰ってきていいということ。安心して眠って、朝ご飯も食べられて、アップルパイが好きって気づいてもらえて、卵を焼いてもらえて、ミルクをあったためてもらえて、お風呂も入ってぴかぴかのスーリヤになって、お布団に入れる。

「こげこげのたまご。こげこげじゃないところをオリエがくれた。こげこげのところ、トキジとオリエが食べてた。こげこげパンは、スーリヤに、あったかくて、ふわふわの、こげてないところくれた。おねだりしてないのにアップルパイ、つくってくれた……おりえ、自分のアップルパイ、スーリヤにくれた……。スーリヤ、じぶんの食べちゃったのに、もういっこくれた。ほっぺのやつ、とってくれた。オリエは、はじめの時から、スーリヤ見つけてくれた。夢見てたこと、ぜんぶ、ぜんぶ、叶《かな》えてくれた」

「………」

懐がじわじわと温かい。

たぶん、スーリヤが泣いている。

尻尾がびたびたと揺れて車のハンドルを叩いている。

泣かなくていい。これからもっともっといっぱい、なんでも、どんなことでも、スーリヤの夢見てたことは叶えてやるから……。アップルパイだって、もう食べ飽きたって言うくらい食わせてやる。食べたら食べた分だけ、太らないようにたくさん外で遊ぼう。まだ見ていないところ、行っていないところはたくさんある。食べこぼしたら、いつだって拭いてやるし、風呂だっていくらでも入れてやる。洗濯だってたくさんするからたくさん汚して遊んでいい。食事を作るのだけは下手だけど、練習するから。いっぱい構い倒して、「もう！　オリエだめ！」って言われるくらい傍にいるから。いつでも温かい寝床を用意しておくから。そこは、スーリヤが大きくなってても帰ってこられる場所だから。

「……おりぇぇ～……」

そんなに泣かなくていい。これからもっともっともっと幸せになるんだから。こんな小さな幸せで泣かなくていい。その調子で泣いてたら、そのでっかい目玉、溶けてなくなるぞ。

「オリエ……」

「……？」

甘え声で泣いていたスーリヤの声質が変わり、オリエは薄目を開く。

フロントガラスの前に三人組の獣人が立っていた。新手だ。三人ともネコ科で、おそらくはクーガーの血を引く獣人。逆光で、丸みを帯びた耳のシルエットが浮かび、真っ暗闇《くらやみ》に青い猫目が光る。オリエが殺した最初の奴らよりタチが悪い殺し屋だ。コイツらは標的を喰《く》い殺す。

オリエはスーリヤを自分の足もとに押し込み、隠した。

一匹目のクーガーがボンネットに乗り上げ、拳でフロントガラスを殴る。振動で車体が揺れるほどの衝撃だ。一撃、二撃、三撃と加えられるうちに放射線状のヒビが入る。

残りの二匹は、車の周りをぐるりと回って、オリエの車のタイヤをパンクさせるが、獲物であるオリエを車外から観察するだけで手を出してこない。恐怖を与えて甚振《いたぶ》るのが趣味なのだろう。

「スーリヤ、これ持ってて」

助手席のグローブボックスから紙箱を取り出し、封を破って中身だけをスーリヤに握らせる。

今朝、届いた荷物のひとつだ。職場に置くつもりで助手席に放置していたが、放火騒ぎで忘れてそのままにしていた。

「へんなにおい……」

「食べちゃだめだからな。……これから、オリエが、それを投げろ、って言う時があるから、その時に投げてくれるか？　それを投げたら、次は走るんだ」

「うん！　なげる！　トキジと、オリエと、ボールでぽん！　ってしたことある！　かけっこもできる！」

「そうそう、公園で遊んだ時みたいに投げたり、ボールを追いかけるみたいに走るんだ」

足もとのスーリヤと話しながら、拳銃のマガジンを新しい物に取り換え、片手に銃を構える。指が震えているのは恐怖や武者震いではなく、脳が、指を使う神経を正常に扱えないからだ。

もう一度さっきと同じように未来を視たら、確実に気を失う。可能なかぎり小刻みに未来を視て、脳の処理限度に到達するまでの時間を節約しなくてはならない。

スーリヤを抱えて走って戦えるほど体は動かない。ぎりぎりまで戦って、すこしでもトキジが来るまでの時間を稼いで……。

その時、フロントガラスを殴っていた一匹目がボンネットに立ち、足を持ち上げて、大きな物音とともにフロントガラスを蹴《け》った。

オリエの顔へ向けてバラバラに砕け散ったガラスが飛び散るその一秒前、オリエは未来視で一匹目が乗り込んでくるより先に引き金を引くが、銃を構える手がブレて弾道が逸れる。

ぼたぼたと鼻血が垂れ、眼球の血管から出血を起こし、視界が赤く染まる。

次の未来を視るその瞬間、トキジが一匹目の首の後ろを摑み、ボンネットがぺしゃんこに凹むほど頭を強く叩きつけた。その反動で、後ろのタイヤが跳ねて浮き上がる。

オリエは、「メリーゴーラウンドみたい！」と喜ぶスーリヤを抱き上げた。

割れたフロントガラスの残りを銃の底で破ったオリエは、トキジを探す。

トキジは残りの二匹と殴り合いをしていた。圧倒的にトキジが優勢だが、暗がりから四匹目が現れ、トキジの腹に喰らいつく。

「スーリヤ！　投げろ！」

最後の力を振り絞ってオリエが叫ぶ。

「ぽい！」

ボールを投げる時のかけ声で、フロントガラスの外にスーリヤが手中の物を投げる。

無数の小石のようなものが、道路の反対車線まで飛び散った。大型ネコ科獣人用のマタタビだ。放り投げたマタタビが描く放物線を追いかけるように、殺し屋三匹の顔が動く。その一瞬の隙に、トキジが三人を殴り倒した。

トキジは、拳銃でもなく、頭脳でもなく、拳の強さのみで勝利した。オリエとスーリヤが作ったほんの刹那《せつな》のチャンスを見逃さず、敵を狩った。噛みつかれた腹から血を流してもなお瞳の輝きは野性を宿し、牙を剝《む》く横顔はただただ美しい。オリエは、その雄姿を夕暮れ時の眩《まばゆ》い太陽の下で拝めたことを嬉しく思った。

「…………」

力こそ正義……って感じだなぁ……。オリエは口端を持ち上げた。

腕力。腕っぷし、それだけで勝利する。

強い男はイイ男だ。惚れる。

最後に見た景色が、悪い夢でなくてよかったと思う。

「オリエ！　オリエ、起きて！　トキジのおむかえ来たよっ！」

「オリエ！　起きろ！」

「…………」

トキジの声がする。

薄く目を開きかけて、瞼《まぶた》が落ちる。一度落ちてしまうと、もう開けない。

肺が悲鳴を上げるように息を吸って、吐く息で声を出そうとしても、口から溢れるのは血液だ。それを一通り出し切ってしまうと、すこし息が楽になる。

「すぐに病院だ、安心しろ」

トキジに抱かれて、運ばれる。

おそらくは、トキジの車に運ばれているのだろう。

力持ちの大型獣人は、オリエとスーリヤを同時に運んでいる。どういう状況か分からないけれど、耳から時々自分の部下の声も聞こえるから、……たぶん、お姫様だっこかなにかで運ばれている姿を部下たちに見られている。

職場に復帰した時に、絶対に茶化してくる奴いるだろうな……。まぁいいか、笑い話になったら。この件が終わったら打ち上げして、その時に今日の日を笑えればいい……。

そんなことを気にするあたり、まだ余裕あるな。

まだ当分死なないな。

そんなふうに思えて、すこし笑えた。

「死にそうになりながら笑うな！」

トキジが声を張る。

「……ト、キ」

今度は声が出た。

「オリエ」

「スーリヤ、さき……びょういん……」

「一緒に運んでる」

「俺、は……ちょっと、力、使いすぎた……寝たら治る……」

トキジがいれば、スーリヤは安心だ。

「分かった」

「……倉庫、……死体……ころがしたまま……」

「掃除しておく」

「ミハイル、カルヴィ家、……両方……別々、動いてる。……掃除、勝手にするな。俺もする」

「分かった。勝手に報復行動には出ない。やる時はお前と一緒にやる」

「あと、頼んだ」

言うだけ言って、任せるだけ任せて、意識を手放してしまう。

トキジの腕のなかで、鬣に埋もれて、弾む大胸筋を寝床に、「確かに、この寝床は一番下に敷くのがいいな」と思いながら眠った。

*

オリエの予知夢は、正確には未来視という。

先読みの力などとも言われているが、基本的に眠っている時に視る。

今回のように、夢で見ていない未来を強引に、しかも睡眠時ではなく覚醒時に見ることは、脳を酷使する。いつもの夢見で使うありとあらゆる処理機能を一気に使う。

すると、ひとつ先の世界が視える。

単純なところだと、今回のように、九人の誰がどう動くか、などが分かる。その未来に合わせて銃を撃てば、敵がすこし遅れてその銃弾の当たる位置に移動する。

もっと複雑な使い方もできるが、あまり好きじゃない。宝くじで大儲《おおもう》けしたりすることは序の口で、予言だってなんだってできる。アウグリウム家の家業を占いではなく宗教に鞍替《くらが》えすれば、オリエは教祖様にだってなれるし、たぶんきっと「ご宣託だ」と言えばいくらでも世の中を動かせるだろう。

一族のなかで、この能力が最も強く、正確で、百発百中なのが、オリエだ。だからこそ、兄姉はオリエが一族の当主の器だと考えている。

だが、オリエには難しい話だ。

この力は代償が大きい。

ほんの数秒先の未来を視ただけで、鼻血、吐血、高熱、異様な体温の低下、全身の代謝異常、心臓などの循環器や呼吸器が働かなくなる。純粋な占竜族ならこうならないのだろうが、半分人間だから、しょうがない。

幼い頃は加減が分からず、未来視に全機能を傾けて集中してしまい、脳がオリエの代謝を疎《おろそ》かにしてしまったことがある。つまりは未来を視るのに一所懸命になりすぎて息をするのも忘れて心臓が止まってしまった、というだけの話だが、この能力は、人生でそう何度も使える気がしないし、使いこなす自信もないので、人命にかかわるここぞという時にだけ使うことにしている。

そして、未来を視て自分の行動を決める、ということは、未来を変えている、というふうにも解釈できる。アウグリウム家には、大昔のご先祖様が未来を変えて破滅したという記録もある。もしかしたら、二度とそうならないために、身体への異常というかたちで警告されているのかもしれないし、未来を変えれば代償が伴うとオリエに教えてくれているのかもしれない。

ところで、ミハイルと、その実家カルヴィ家の殲滅《せんめつ》に未来視は必要なかった。

オリエとトキジによる報復が一方的な勝利だったからだ。

今回の事件の顛末《てんまつ》はこうだ。

カルヴィ家のミハイルの両親は、売春組織に拉致《らち》された息子ミハイルの救出とミハイルの将来にかかわる全マイナス要素の清掃作業を東雲とグリウムに依頼した。

東雲とグリウムは清掃作業を完遂し、ミハイルをカルヴィ家に送り届け、同時に売春組織のメンバーを生きたまま引き渡した。

カルヴィ家はミハイルのために売春組織のメンバーを全員殺した。

それと前後して、カルヴィ家の両親はミハイルが売春組織に拉致された被害者ではなく、売春組織の経営にかかわる側だったと息子の口から聞かされる。

同時に、唯一の生存者であり、すべてを見ていた目撃者であり、ミハイルが犯罪者であると知っている可能性のあるスーリヤの存在を知る。スーリヤの口を封じる目的で殺し屋を雇い、病院での凶行に及んだが、それはオリエとトキジによって未然に防がれた。

その後、カルヴィ家は、ミハイルのため、東雲ともグリウムとも異なる第三の清掃業者に依頼して、東雲とグリウムの社屋とサーバに侵入し、火をつけ、両社が所有する情報の清掃を試みた。

カルヴィ家の誤算は、守っていたはずのミハイルの暴挙だ。

十七歳のミハイルは、両親の歪《ゆが》んだ愛を無に帰す行動をとった。

スーリヤの拉致だ。なんらかの理由で、ミハイルは九人もの裏稼業を雇って再びスーリヤを手に入れようとした。

「……スーリヤが人外なのは知ってたけど……」

「まさか、白蛇様だったとはな……」

「白蛇様っていうと、東方の福の神だったよな？　そういうの、トキジのほうが詳しいんじゃないか？　お前のご先祖様、極東の出身だろ？」

「白蛇様は、水の神、財運の神、一族繁栄の神など……様々な側面を持ち、お社や個人で祀《まつ》られていたが……、だからといって、人外の白蛇も神様に分類されるのか……？」

オリエとトキジは二人の間でにこにこするスーリヤを見下ろす。

「そうなんですよ！　検査しても分からなかったんですが、……スーリヤさんがいきなり昏睡状態に陥って、眠って、目を醒まして……ということを繰り返したと聞きまして、生活環境などと照らし合わせて、再度、民族学と東洋哲学と神話と文化獣人外類学……、とにかく極東専門の学者に集まって見てもらったんですが、結果として、スーリヤさんは白蛇様と判明しました！　すごい！　ですので、そっち方面で再検査をかけたところ、ナナツタツという白蛇様の古い遺伝子サンプルと合致する箇所がありました！」

ずっとスーリヤを診《み》てきた医者は諸手《もろて》を挙げ、研究者の顔で大喜びで報告してくれた。

スーリヤは白蛇だ。

大雑把に言うと、人外であり、福の神に分類される。極東の島国に暮らす神様の子孫で、何百年とかけて人間と混じったらしく、神様の側面は薄い。そのおかげで、冬場でも活動できるが、極端に気温が下がった日や、おなかいっぱいの状況が続いて、あったかくて安全な寝床を確保できたら「とうみん！」と本能が察して眠ることがあるらしい。

つまり、スーリヤの意識混濁や過眠、急な意識の消失は、冬眠だったらしい。

心身の不調ではない。

命の危険があったわけでもない。

スーリヤが眠ることに危険性はない。だから、オリエも夢に見なかった。

病院で昏々と眠り続けて目が醒めなかったのは、おそらく、傍にオリエとトキジがいて安心したから、体力回復のために眠り続けたのではないか、という診断だった。

「冬眠かぁ……」

「冬眠とはな……」

「スーリヤ、あったかいところすき！」

オリエとトキジの傍がすき。

スーリヤは自分が稀少種だという自覚はないようだが、それでも、白蛇様で、福の神様の末裔《まつえい》で、人外だ。

スーリヤは、そこにいるだけで特定の人物に富をもたらす。商売繁盛であったり、一族の繁栄であったり、金銀財宝であったり、不老長寿であったり、健康であったり、形あるもの、形ないもの、様々な富をもたらす。

傍にいる人に、幸せをもたらす。

ミハイルは、そこに目をつけた。

どういった経緯でスーリヤの特性に気づいたのか、どこまで知っていたのかは謎だが、のちにミハイルに吐かせたところ、裏カジノの胴元のところにいたスーリヤに目をつけ、雇った誘拐屋に盗ませたらしい。スーリヤを傍に置いてから、裏カジノの胴元が急に羽振りが良くなったので、なにがしかの人外の能力を使わせて儲けているのだと、その程度に考えていたそうだ。

結局のところ、ほんの一瞬スーリヤを手に入れたことで売春組織は繁盛したが、手に入れて間もなかったこともあり、それでミハイルが財を築いた形跡は見受けられなかった。

自分の自由になる大金を欲しがったミハイルはスーリヤを諦めきれず、九人も雇って再び誘拐を試み、失敗に終わった。誘拐屋以外に殺し屋も雇ったのは、スーリヤの傍にいるオリエが邪魔だったかららしい。

オリエとスーリヤの前に現れ、トキジが一人であっという間に制圧してしまったあのマタタビ大好き四人組の殺し屋は、ミハイルの両親が遣わした殺し屋だ。ミハイルの将来のためだけに、湯水のごとく金を使って、スーリヤと、スーリヤを守るオリエを殺そうとした。

親子揃って本当に始末に負えない。

早速、オリエとトキジは落とし前をつけさせてもらうことにした。

「毎度どうも、グリウム・クリーニングサービスカンパニーです」

「東雲総合環境整備保障だ」

その日、二社合同かつ総出でミハイルとカルヴィ家の大掃除が行われた。

カルヴィ家の敷地にいた警備員と使用人は全員退去済み。同敷地内のすべての防犯装置は正常に動作しているが、既にそれらはこちらの支配下にあり、フェイク画像を記録し続け、警備会社への連絡は行われない。

ミハイルとその両親をリビングの床に座らせ、後ろ手で拘束する。

「さて、ミハイル。うちのかわいいかわいいオリエとスーリヤをよくも痛めつけてくれたうえに金蔓《かねづる》にしようとしてくれたな」

「カルヴィ家のクソご両人、何度も何度もうちのかわいいスーリヤをよくもまぁ殺そうとしてくれたな？　あと、うちと東雲のクソ高いサーバと小火と保険使わなきゃならん後始末をつけさせてもらうぞ。来年からの保険料クッソ高くなるじゃねぇかふざけんな、クソが。こっちはただでさえ仕事柄高いってのに、舐めてんのか」

「……オリエ、前半はともかく、後半は私情がダダ漏れだ……、あと、スーリヤがいないからか、口の悪さがすごい。中指を仕舞いなさい。ほら、中指は立ててない。凄《すご》まない、威《い》嚇《かく》で物を蹴らない。引き取りの時に値段が下がるだろうが」

カルヴィ家の面々を委縮させるために、オリエがわざとそうしているのは分かるが、なにをしていても可愛いのでトキジの尻尾が揺れてしまう。

「それとなぁ、うちのかわいいトキジがおたくの雇った殺し屋を殴った時に殴りすぎて手の甲を怪我したんだぞ、可哀想だろうが。腹も齧られたんだぞ！　俺より先に歯型つけてんじゃねぇよ！　治療費と慰謝料もしっかりもらうからな。それから、迷惑料と、部下への慰労金と会社への慰謝料もらうからな。お前ら今日で破産だ」

「…………」

かわいいと言われたトキジの尻尾がもじもじしている。

東雲の社員たちは、自社の社長のかわいい尻尾の仕草に、「わー……社長の尻尾ってあんなふうになるんだ～……しかも仕事中に他社の代表と惚気《のろけ》てやがる、というかグリウムの代表、自分が惚気てるのに気づいてないな……？」と遠い目をする。

東雲の社員の隣にいたグリウムのスタッフも「……代表に春が来た！」と涙ながらに喜んでいた。

「うちはカルヴィ家だぞ！」

「うちに手を出したら本家のコルレーオ家と縁戚《えんせき》のルチアーノ家が黙っていないからな！」

「早くこの拘束を外しなさい！」

カルヴィ家の三人がそれぞれ啖呵を切る。

「俺はウェルム国五大家が一家アウグリウム家だ」

「うちはウェルム国で一番目か二番目に古い東雲家だ」

ここぞとばかりに名前を使ってやる。

カルヴィもコルレーオもルチアーノも随分と格下だ。

同レベルで言い争うつもりはないが、向こうがそれを武器にして拳を振り上げたなら、こちらはそれ以上の武器で殴り返す。相手が最も得意とする分野で敗北を理解できるなら、その方法でケンカを買ってやる。それだけの話だ。

「あー……もしもし？　寒廣幇の頭領さん？　どうも、グリウム・クリーニングサービスの代表と、東雲総合環境整備保障の社長です。……え？　愛人さん？　あれ？　これ頭領さんの電話番号じゃなかったでしたっけ？　……いや、頭領の電話で正解してる？　秘書から事前に話は聞いてる？　そうです、骨董品《こっとうひん》の件です」

オリエは隣のトキジに電話をかわる。

「すみません、電話を替わりました。シノノメです。そちらの頭領とは以前お仕事をご一緒しておりまして……。そちら様は、その時、隣にいらっしゃった方ですね、あなたの声を覚えています。それで、頭領は……はい、いま、……ゲームを、している？　イベントを走ってるから手が離せない？　レイドバトル中？　あなたが代わりに話を承る、と……、分かりました。グリウムに代わります」

「……グリウムです。ちょっと三人ほど処分しまして。骨董品やらが多い家で、そちらがお探しの品がありますので、お引き取りいただければ……。ついでに、ほかの物も一括で引き取っていただくことは、……可能ですか？　ありがとうございます。はい、秘書の方がいらっしゃると……分かりました。失礼いたします」

　オリエが電話を終える。

　その間にも、両社のスタッフ総出でカルヴィ家の掃除が続いていた。

「こっ、この家の掃除なんてできっこない！」

「まぁ、確かに、売春組織を更地にしたようなことはできんな」

　屋敷、離れ、庭、温室。大掃除するには、ここは広すぎる。一晩では到底無理だ。

　だが……。

「清掃って言ってもな、いろいろあるんだよ」

「強盗に入られたように見せかける清掃。人を殺した痕跡を偽装する清掃。派手な夫婦ゲンカの後始末をきれいさっぱり片づける清掃」

「ほかにもいろいろとあるが、掃除屋にはそれなりのノウハウがある」

　だが、この規模の家はオリエの会社ひとつならできなかった清掃だ。

　トキジの会社と一緒だから実行できた。

「僕たちをどうするつもりだ……!?」

「お前らは、夜逃げしたふうに装う清掃、……の、フルコース」

オリエとトキジは悪人の顔で笑う。

二人が連絡を取ったチャイニーズマフィアは骨董品を好む。清掃業のオリエやトキジは骨董品の扱いが不得手だし、販路にも処分先にも明るくない。幸いにもこのチャイニーズマフィアは骨董品を大切に扱うことで有名だし、もし盗品を発見したら被害者に返還するという善行まで行っている。……まぁ、カルヴィ家所有の骨董品コレクションと一緒にカルヴィ家の三人も引き取ってもらうのだが……。

カルヴィ家の所持品で、即座に現金化できる代物は骨董品だけだ。貴金属の大半はイミテーションで、一定以上の価値ある物は貸金庫に保管されている。証券類も現金化には時間を要するし、これも金庫に預けてあると調査済みだ。夜逃げの偽装を行う際の持ち出しリストには入っていない。

「代表、三つ目の隠し金庫見つけました」

「開きそうか?」

「余裕ですよ」

「貴金属は適度でいいぞ。現金があったら回収しろ」

「了解」

オリエの会社のスタッフが隠し金庫に走る。

カルヴィ家は、家に三つあるすべての隠し金庫を発見されて涙目だ。

「絵画には手をつけなくていい。この家の持ち物はすべて偽物だ」

「はい、社長」

トキジの会社のスタッフには、貴金属や芸術品の真贋《しんがん》を見極める専門職もいる。

オリエも雇いたいと思っているのだが、トキジの会社で雇われている専門職と同レベルの人材はなかなか見つからない。

「おい、東雲総合環境整備保障」

「なんだ、グリウム・クリーニングサービスカンパニー」

「お前のとこの貴金属専門の鑑定士、いい仕事するな」

「そちらの金庫破りの専門家もな」

瞬く間に、イイ感じの夜逃げっぽい清掃状態に仕上がっていく。

そうこうしていると、チャイニーズマフィアの秘書がぞろぞろと頭数を従えて姿を見せ、あっという間に骨董品を引き上げていった。

骨董品のついでに、人が入ったスーツケースを三つ持っていくことも忘れない。

カルヴィ家は今日かぎりで全員行方知れずだ。

「あとは、夜逃げ風の工作作業だけだな……」

「会社二つでやるんだ。一時間もあれば終わるだろ」

「早くスーリヤを迎えに行かないと……」

「ああ、待ちかねて拗ねているぞ」

オリエとトキジはふと顔を見合わせ、「俺、家族のために仕事頑張るのって初めてだ」「同じく」と顔を見合わせ、そういうのもいいな、と頷き合った。

託児所で待つスーリヤのために働く。美味しいご飯と温かい寝床。スーリヤの大好きな夢見たものを得るために働く。

それは、とても素敵なことだと思った。


早朝、託児所でお泊まりしたスーリヤが泣きながら二人のもとへ駆けてきた。

「初めてのお泊まりで、お二人に置いていかれたと思ったようで……」

託児所の責任者ロクサーヌが説明してくれた。

スーリヤには、事前に泊まる理由も迎えに来る約束もしていたが、それでも、子供が一人で耐えるには夜が長すぎたのかもしれない。もしかしたら迎えに来てもらえないかもしれないという恐怖が膨らんで、耐えきれなかったのだろう。

「あのね、きんいろの髪のおにいちゃんがね、すーりやにはね、帰るおうちないって言ったの。あったかい寝るところ欲しかったら、ここにいろって、暗いところに入れたの」

ミハイルにされたことをすこし思い出したらしい。

地下に閉じ込められて、さぞ恐ろしい思いをしただろう。スーリヤは二人にぎゅっと抱きついて、尻尾を震わせている。

「ごめんな、待たせて」

「うちに帰ろうな」

スーリヤが抱きついてくるよりもっと強い力でオリエが抱きしめる。

トキジはその二人をまとめて抱きしめるが、オリエはそれを拒むより、スーリヤの安堵の笑顔を優先した。

「もう怖いことは起きないから。ぜんぶきれいに片づけてきたから」

「スーリヤはこれからずっと安心して生きていけるし、おいしいご飯と温かい寝床にありつけるぞ」

スーリヤを狙う悪い奴はもういない。スーリヤが夢見ていたことは、これからぜんぶ叶う。強く強く抱きしめて、そう伝えた。

＊

トキジとスーリヤ、二人と深くかかわることで、まるでオリエの運命も変わったかのように夢の質が変わった。

単なる気持ちの問題かもしれないし、精神的な作用かもしれないし、原因は分からないけれど、夢を見て魘されたり、いやな汗をかいたり、頭痛や眩暈を起こす回数が減った。なにより、よく眠れるようになった。

それから、幸せな夢を見ることが増えた。

いままで一度も見たことがない荒唐無稽《こうとうむけい》な夢を見ることも増えたし、大昔の思い出を夢で見ることも増えた。

どうやら、トキジやスーリヤ、会社のスタッフ、睡眠外来の医師によると、昔のことや荒唐無稽な夢を見るのは別段おかしなことではないらしい。真剣に夢の話なんてしたことがなかったから、「俺だけが変な夢を見る」と焦っていたから安心した。

生活面で大きな変化があったことで、夢の質も変わったのかもしれない。なんによせ、近頃のオリエはよく眠れるし、夢見の悪さに恐怖を覚える日が減ってきたし、眠ることが苦痛ではなくなった。

ある冬の日、オリエの部屋のリビングに座り、三人で話した。

スーリヤはトキジの膝で猫のようにのびのびと寛《くつろ》ぎ、トキジの尻尾で遊んでもらっている。オリエはその真正面に座り、膝を突き合わせてトキジと話をした。

三人の今後についてだ。

「俺、子持ちだぞ。スーリヤは俺の弟で、家族として育てるからな」

「俺にとっても可愛い弟が増えたってことだな」

「つまり、本気で俺と結婚するつもりなんだな？」

「そうだ、結婚するつもりだ」

「なんで俺をそこまで気に入ったのか、それを聞かせろ」

「長くなるので、今日の晩ご飯は手抜きでいいか？」

「いま、昼の十二時だぞ？」

そんなにたくさんあるのか？　オリエはちょっと引く。

「好きな奴の好きなところを語れと請われて、夕飯の時間までに切り上げるだけえらいと褒めろ」

「……う、うん。……じゃあ、まぁ、掻《か》い摘《つま》んでどうぞ」

オリエが続きを促すと、トキジの口から語られた言葉は「もう言わなくていい。分かった。分かったから……！」と赤面するほどの怒濤《どとう》の口説き文句と甘い言葉だった。

トキジは、まず、仕事に対するオリエのスタンスがかっこいいから好きだと伝えてくれた。それから、オリエの眠るところ、つまりはオリエの自宅、オリエのパーソナルスペースに自分の侵入が許されて嬉しかったことを伝えた。押しかけ女房しても追い返さず、しかもそのパーソナルスペース内にトキジの巣穴を作ることさえ許されて嬉しかったそうだ。

さらには、寝顔を見られる位置で生活をして、オリエが無防備なところを晒《さら》してくれたり、食事を一緒にしてくれたり、オリエ個人の仕事の一端も担わせてくれたことも嬉しかったそうだ。

オリエは口ではいろいろ言うけれど、信用されていなければ踏み込めない。トキジは踏み込むことを許された。それが分かって嬉しかった。

自分の身を削ってでも誰かのために働いているオリエを愛しく思った。スーリヤを構い倒して叱られている姿が愛しかった。愛情の差し出し方が分からず、物を買ったり、全力で遊んだり、スーリヤのことを考えているオリエの優しさが好ましかった。

料理が下手なのに、「料理が上手だからってお前にばっかりやらせるのは、なんか違うだろ」と下手なりにキッチンに立ち、押しかけ女房とも良好な関係を築こうとしてくれるフェアな精神が好ましかった。

一緒に暮らす間、ひとつひとつの何気ない日々を送っていけばいくほどオリエと家庭を築きたいと思った。

自分のケツは自分で拭く主義のオリエをなんとかして大事にしようとするけれど、オリエは大事にされたり守られたりするタイプではない。途轍《とてつ》もなく心身が強くて、性格が男前で、「なんで俺の命を他人のお前に守られなきゃならないんだ？　俺がお前を守るっていう選択肢や考えはないのか？　そのへん、対等じゃなきゃ家族になれないだろ」という考えの持ち主で、トキジはさらに惚れた。

トキジが自分勝手で強引な愛情を示しても、「その愛情を向けられる奴は大変だな」と他人事《ひとごと》のように笑って、自分が愛を向けられる側になるなどとは露ほども思っていなくて、そんなオリエを愛したらどんな反応を見せてくれるのだろうかと想像するとトキジはぞくぞくした。

「オリエ、俺はお前が好きだ」

「…………俺は」

オリエは、これまで悪い夢ばかり見ていた。

なにかの物品を発注する必要がある夢を見るということは、誰かが不幸になるということだ。そう考えると、眠ることも起きることも憂鬱《ゆううつ》で、夢を見ずに眠りたい、いっそ一生眠りたくないと思うことさえあった。

でも、この間、初めて、幸せな夢を見た。幸せで愛に溢れた夢を見て、戸惑って、泣いてしまった時、「ああ、俺はこんな夢も見られるんだなぁ……」と、自分がそんなに悪い人間じゃない気がした。

トキジの腕のなかで目覚めた時に、「自分はこんなに穏やかに眠れるんだ」と知ることができたし、トキジに大事に扱われた時、まるで夢を見ているようだった。

トキジとスーリヤの寝顔を見て、「他人の寝息や寝顔があると勝手に頬がゆるむのか……」と一人寝だと知らなかったことを知ったし、他人の寝息で救われる夜があることを知った。

真っ暗闇で、ぴかぴか光る二つの瞳がオリエをじっと見ていた時は、「ああ、なんて可愛いんだろう」と胸が苦しくなった。

自分の大切な人に危険が及びそうな時、それを夢に見られるなら、自分が苦しくても夢を見て、救いたいと思った。傍にいて、夢見ることで、生涯、大切な人の危険を察知できるなら……、守りたい。守れることが嬉しいと思えるのは幸せだと思った。

初めて、この能力を受け入れられた気がした。

この能力に頼りすぎず、自分の力でずっと傍にいられる努力をしようと思ったのも、初めてだった。自分一人だと、する気もなかった家事も、家に帰るという行為も、家族のためになにかを買うことも、ぜんぶ、自分が幸せになれた。

好きな人と一緒に暮らすと力が溢れてきて、そんな自分が面映ゆくて、くすぐったくて、幸せで、その幸せは、トキジがいないと成り立たないんだと分かった。

幸せは、自分には似合わないと思っていた。

でも、誠実にトキジと向き合いたいと願う自分もいた。

そう思った時に、自分はトキジの好きな食べ物も、嫌いなものも、苦手なものも、なにも知らなくて、結局、自分は「悪夢を見た時に傍で介抱してくれる人がいたら自分が楽だ」と思っているだけなのかもしれないと気づいた。

打算なのか、恋なのか、愛なのか、分からない。

兄姉の夢見の通り、オリエだけが幸せになってしまう結婚ならいらない。

「俺は、俺よりもお前が幸せなことが、たぶん、一番嬉しい。それと同時に、スーリヤの幸せを実現したい。でも、この二つはどうやっても矛盾する気がする」

オリエは、オリエが幸せになる結婚よりも、トキジが幸せになる選択をしたい。

そして、スーリヤが安心できる環境を守りたい。

三人が一緒になるのが一番手っ取り早いのだろうが、トキジ一人が荷物を背負い込むのは確実だ。

「打算で結婚するのは、トキジ、お前に失礼だ」

「すまん……打算で結婚のなにが悪いんだ？」

「いや、だって……そういうの、いやだろ。気ぃ悪くするだろ」

「そもそも、見合い結婚というのは、そういう打算もすべて含めたうえでするものではないのか？」

「………」

「だからこそ、釣り書きを相手に見せて、私はこういう年収で、土地財産は以下に記載し、こういう学歴で、こういう会社に勤めていて、こういう資格があり、家族構成は以下であり、……と、相手に開示するんだろう？　それで、最終的に俺がお前にとって合格であったなら結婚すればいいじゃないか。見合い結婚は打算が大前提だ」

「…………」

「この結婚、いやなら断ればいい」

「…………」

「まぁ、断られても食い下がるが……」

「……俺は、もしかしたら、見合いより前にお前に惚れていたのかもしれない……」

オリエは、その可能性を口にした。

「そうでなければ、見合いの時点でこの話はなかったことにしているな」

お互いに、「惚れている」とか「好ましい」という感情に気づいていなかっただけ。同業者として信頼がおける、認め合える存在。そこまでで満足していて、二人とも、そこから先の深い心の底を覗いて確かめてみなかっただけ。

スーリヤが二人の傍にいてくれたから、ちゃんと向き合えた。

向き合うだけの時間を共有できた。

同業他社への尊敬に、愛が芽生えた。

「おはなし、終わった？　スーリヤのアップルパイもう焼ける？」

じっと待っているのに飽きたスーリヤは二人に腹を見せて寝転び、尻尾の先をオープンで焼いている最中のアップルパイに向けている。

先ほどから、甘く香ばしいバターとリンゴの匂いがしているから、気になって気になって仕方ないのだろう。

「パイ生地から初めて作ったアップルパイだからな……上手く焼けているといいが……」

トキジがスーリヤの頭を撫でる。

「お話の間、じっと待っててくれてありがとうな」

オリエがスーリヤを抱き上げると、スーリヤは頬を寄せて、がぶっと甘嚙みした。

それを見ていたトキジが尻尾をそわそわさせて、ぐっとなにかを我慢している。

「どうした？」

「……甘嚙みを、したい」

「あー……、そういや、お前、狼だったな」

狼や獅子《しし》や虎《とら》の獣人は、愛情表現に甘嚙みをする。愛咬《あいこう》というやつだ。

ところが、トキジは、おおっぴらにそうしたことをしてこなかった。

「お前、我慢してたのか？」

「……恋人でもなく、結婚の取り決めもしていない見合い相手に断りなく手を出して傷物にしては申し訳ない」

「変なとこで義理固いな、お前……」

スーリヤの小さな歯で、はぐはぐ、あぐあぐされながら、オリエはトキジの紳士ぶりに感心する。

大型獣人のつがいになると、甘噛みの痕が残るのは日常茶飯事だ。そうして歯形があることで、大型獣人は、つがいが自分のものだと安心するし、マーキングにもなるし、所有権を主張できる。トキジはずっとそれを我慢していたのだろう。

「甘噛みってどこ噛むんだ？」

「……どこでも噛む」

「どこでも噛むのかよ。食いしん坊だな」

ははっ、と声に出してオリエが笑った。

笑うと、トキジの尻尾がばたばたと床を叩き、床がへこんだ。

「……俺、大型獣人と生活を一緒にするのが初めてで分からないんだけど、いまのどこにそんなに喜ぶことがあったのか教えてくれ」

「お前が笑った」

「そりゃ、笑うこともあるだろ」

「俺の前で、俺にかんすることで笑った」

「そうだな？」

「目尻に笑い皺ができるのがかわいい」

「でも、俺、お前のことを思い出した時に、なんだかんだでお前のおかげでよく笑ってたぞ」

「知らない」

「だろうな。お前のいないとこで笑ってたんだから」

「俺のいないところで俺のことを考えて笑っていたのか」

「……スーリヤ、トキジの尻尾なんとかして。頼む」

「尻尾、いいこいいこして」

オリエに頼まれて、スーリヤがトキジの尻尾を宥める。

トキジは「この尻尾は当分うるさい。すまん」と詫びながら、幸せそうに笑った。

「……で、甘噛みするのか、しないのか」

「する！」

大急ぎで返事して、尻尾をばたばたさせながらトキジはオリエの唇を奪い、甘く噛んだ。

くすぐったい甘さにオリエが肩を揺らし、「こういうのが似合う俺になっていけたらいいと思う」と頬をゆるめ、甘噛みを返した。

思ったよりも加減が難しくて、オリエは「……悪い、練習する」と謝ったが、鼻にオリエの歯形をつけたトキジは大喜びだったし、「スーリヤも、スーリヤにもはぐはぐして」とねだられて、オリエは瞬く間に甘噛みが上手になった。

生活が落ち着いた頃、スーリヤが半日ほど留守にする日があった。

保護局員との面談と、病院での定期検診だ。付き添えるところは二人で付き添ったが、付き添い不可のカウンセリングなどもあるので、その時間だけは病院の近くで待機になった。

＊

今日の面談や検診はすこし時間がかかる。

その結果次第で、オリエとトキジとスーリヤが三人で家族になれるかどうかが決まる。

今日までの日々、オリエとトキジはそれぞれ面談や適性検査を受けてきた。スーリヤの親代わりになれるかどうかは、煩雑な手続きと膨大な資料提出の末に決定される。行政の判断としてそれは認められたが、スーリヤ本人が二人を養い親と認めるか、三人で生活していけそうか、人外の稀少種と、大型獣人と、稀少種と人間の混血という特殊な性質上、三人がうまく共存していけるか否か、それをスーリヤ本人に確認するために今日という日が設けられていた。

スーリヤは外出に意欲的だ。外に出て、保護局員と話をして、いろんな検査を受ければ、家族と暮らしたり、おでかけしたり、学校へ行ったり、友達と遊んだり、家族と旅行したり、夢見ていたことを実現させられると教えてもらったからだ。

これから、それらの夢をオリエとトキジとスーリヤで叶えていく。

叶えていくのだが……。

「初回三時間でどこまでできるんだ……？」

スーリヤを迎えに行くまでの三時間。

それがオリエとトキジに与えられた二人きりの時間だった。

だが、果たして、初めての交尾が三時間以内に終わるのか、そもそも大型獣人と半人半人外のつがいの初体験が三時間以内で挿入まで至れるのか、そこからして疑問だった。

だが、その疑問はオリエの杞憂《きゆう》に終わった。

二人で協力すればなんとかなるもんなんだなぁ……と、事後、オリエがしみじみと思ったのは三時間後の話だ。

スーリヤの面談日が決まってから、二人とも「この三時間だけしか二人きりになる時間はない」と分かっていたから、そこへ向けて気持ちを持っていった。時間を見つけては初夜に必要な道具をネットで買い集め、知識を詰め込み、一度だけではあるが、指やプラグを使ってオリエの後ろを解《ほぐ》してみたりもした。

「ここ数年で最も緊張した。正直に言うと、清掃業務よりも緊張した」

「緊張の種類が違うよな。仕事と違って、変な興奮と、そわそわで……新人の時の気持ちを思い出した」

同業だからこそ理解し合える面があるのか、二人とも、この一週間はずっと落ち着きがなかった。

スーリヤと一緒に暮らせるかどうかが決まる日でもあり、神経をすり減らしているのは事実だが、それはオリエとトキジが考えても結果は変わらない。そして、その三時間を座して待つよりは交尾して待ったほうが気が紛れるのでは？　と考えて、自宅待機をとったのだが……。

「あれこれ考えるくらいならもっと落ち着いた時にすればいいじゃん……って思うんだけど……」

「まぁ、それを考慮していたら半年や一年は難しいだろうな……」

「……新婚早々、それはちょっとな……我慢できないな……」

「お互いにな」

顔を見合わせて苦笑する。

ここ数日は、会社のことや、待ってくれない次の仕事で慌ただしくしていたが、それでも、今日の初夜のためにできることはした。仕事ではいくらでも協力してきた二人が、手探りで初夜を模索する日々はあまりにも甘くて、くすぐったかった。

「……っ、ん、ンぅ……」

「どうだ？」

「……………ケツに物が入ってるって異物感が、勝つ」

裸になった二人が色気のない会話をする。

ソファベッドの上で胡坐《あぐら》をかいたトキジと向き合う姿勢でオリエが膝立ちになり、後ろをトキジの指で弄《いじ》られている。ゴムを嵌《は》めた指が入っていて、たった一本のそれに眉を顰《ひそ》め、思ったままの感想を漏らす。

まだ柔らかい陰茎を扱《しご》かれながら後ろを拡《ひろ》げていく。粘性の高いローションが内腿《うちもも》を伝い、トキジの毛皮を濡らしていく。毛油が弾《はじ》くとはいえ、風呂に入ったくらいで簡単に落ちるのだろうかとオリエが考えていると、ずるりと根元まで指を入れられた。

「このっ……」

「考え事か？」

「お前の毛皮の心配してやってんだよ……っ」

鼻先をがぶりと噛んで抗議してやる。

がじがじ、がぶがぶ。オリエがそうして歯を立てるとトキジの尻尾がいっそうご機嫌になる。どうやら、「好きな子が甘噛みをたくさんしてじゃれてくれる」という解釈になるらしい。「解釈違いだ、これは腹いせだ」と言ってやりたいが、言う代わりにもう一度、噛んだ。

狼の耳を噛み、太い首に両腕を回し、鬣に顔を埋める。まるで愛を伝えるかのようにしっかりと抱きしめる。

似合わないことをしてみた。

でも、こういうことが似合うかもしれない自分を見つけてみたい。

トキジはオリエの行動を茶化しはしない。こういう男だからこそ、オリエはいつもと違う自分に挑戦できるのだと思う。静かに、穏やかに、そのままを受け入れてくれるから、オリエは自分の挑戦や変化も静かに受け止められた。

「……ぅ、ンあ……っは……ぁ」

息を吸って、吐いて、指の数が増えていくことだけに集中する。

そうすると、あっという間に時間は過ぎていく。

大半を拡張に費やし、残り時間で挿入して、五分で着替えてスーリヤを迎えに行くために移動。計画通りに事が運ぶわけないと思いつつ、ひとつずつ進めていく。

「苦しいか？」

「……分からな、ぃ……時々、きもちいい……」

「このあたりか？」

「ん……ぅ？　ぅ、ン……ん、たぶん、そのへん……」

臍のほうを押し上げられると腰が揺れる。

尻が落ちて、股が開いて崩れそうになる。油断するとトキジの太腿に座り込んでしまい、笑う膝を奮い立たせて同じ姿勢をキープしようとするが難しい。

しな垂れかかるように体重を預けると、オリエの肩口にトキジが顎下を乗せて、脇《わき》の下から腕を通し、抱きかかえるようにして背中越しに臀部《でんぶ》を観察しながら指を使う。

「こういうのこそ、夢で見てたらよかったのに……」

「エロい夢が見たかったのか？」

「ちがう。お前とこうなるなら、手間取らないように夢で見て、自分でとっとと拡げておいたら今日だって速攻で突っ込めただろ？　こういう時にかぎって夢って見ないんだよな」

「そりゃそうだろ。二人で気持ち良くなって幸せになる行為なのに、なんでお前が夢で見て下準備を完璧にしておくんだ」

「……………そういうもんか」

「そういうもんだ」

「でも、……音が、はずかしい……」

「そうか？」

「わざとぐちゃぐちゃすんなよ、趣味悪い……」

「後ろが開いてきたから音がするようになったんだが……」

「…………」

「分かるか？　後ろがゆるんできたからだ。奥もかなり柔らかくなったし、空気が入るから、どうしても音が……」

「……言い直さなくても分かる」

「こっち、使うぞ」

「……ん」

ベッドに放り投げていたディルドを見せられる。

トキジの三分の一程度の細さだけれど、しっかり狼の形をしている。ゴムをかぶせて、ローションを垂らすと、寝床に敷いたバスタオルの湿り気がどんどん増していく。

生々しさにすこし怖気《おじけ》づくが、口にしたら負けだ。

ただ、オリエの腹のなかを最初に知るのはトキジがいい。そう思った。

「誰も入ったことないまっさらなとこ、お前の形に馴染ませたいって思わないか？」

両手でトキジの陰茎を扱きながら唆す。

「そりゃそうだが、……お前、ちょっとビビってるだろ？」

「ビビってるわけ……っ、ない、……ような……なくもないような……ていうか、前にプラグ挿《い》れた時に思ったんだけど、……あんまり、腹に入ってくる感覚が、好きじゃない、かもしれない……」

ここで下手にかっこつけたところでどうせバレる気がするから正直になる。

無機物に腹の中を圧迫されて、居座られて、それが出入りするのが好きではなかった。

「嫌いではない？」

「……嫌い、では、ない……。というか、嫌いかどうか判断するほどの経験値がない。いや、でも、多少はそういうので拡げておかないとこっちがつらいだけってのは分かってるから、駄々捏《こ》ねてるだけなのは自覚してるんだけど……」

「なら、この下準備も好きになれるような方法を探っていけばいい」

「……？」

ぐるりと視界が反転して、ベッドに仰向けに寝かされる。

オリエの股座《またぐら》にトキジが顔を埋め、陰茎を口に含む。陰茎も、陰嚢《いんのう》も、大きな狼の口でひとまとめに呑まれ、舌を絡ませるように包まれ、柔らかく陰嚢を食《は》まれながら口中で揉みくちゃにされる。

「……ふ、ぁア、……っあ」

これはきもちいい。

指先に触れるトキジの耳を鷲掴《わしづか》みにして喉を仰《の》け反《ぞ》らせる。勝手に腰が浮いて、もっと深く咥《くわ》えこんでもらおうと押しつけてしまう。オリエが勝手に動くから、時折、牙がちくちくして痛む。痛みに腰が引けてしまうより先にトキジが口を開いて隙間を作ってくれるから、また、痛みを忘れて腰を差し入れてしまう。

「ぁ、……トキ、……、っ、入ってく……」

浮いた腰を支えるように尻を持ち上げられ、尻の狭間《はざま》にディルドが差し入れられる。細身のそれはなんの抵抗もなく先端を含み、ずるりと滑るように押し入っていく。

シリコン製の亀頭球が括約筋に触れて、竿の部分がすべて入ったことが分かる。オリエが身構えていたよりも容易《たやす》く飲み干してしまい、オリエもトキジも肩透かしを食らったような顔をして、互いに「ビビらなくてもよかったかもしれない」「まだ入れただけだぞ？」と笑い合った。

「……っ、ん……」

「笑うと腹に響くか？」

トキジは、オリエの陰茎を口で可愛がりながら、拡張作業に勤しむ。小さな窄《すぼ》まりが勝手に疑似陰茎を呑むように収縮する様子を楽しみ、会陰を指の腹で押し上げて中と外から刺激を与え、どこで気持ち良くなっているのか判断ができないよう快楽漬けにしてからディルドを動かす。

「ぉ、あ……ぁー……」

オリエは眉根を寄せ、時折、足先を跳ねさせ、低く浅く肩で息を吐き、腹筋をきつく絞り、目のふちを赤くして昂《たかぶ》っていく。

オリエの眼下では、トキジの勃起も主張が著しい。あの状態で我慢するのはきついだろう。同じ男として、可哀想になってきた。

でも、同時に、可哀想で、愛しい。

「……俺、ちょっといじわるな子かもしれない……」

いじらしい狼、かわいい。

そういう性癖の扉を開いてしまいそうだ。

「オリエ、足癖が悪いぞ」

「っふ、……足で、抜いてやろうか？」

足先でトキジの肩を蹴って、フェラはもういいと遠ざける。

その足の裏でトキジの陰茎を擦り、粘つく先走りに喉を鳴らす。

どくどくと血流が流れ、脈打つ感覚が足の裏に伝わってくる。熱くて、重くて、固い。

これがいまから自分のなかに入ってくる。亀頭球までは無理だろうけれど、その手前までは入るだろうか？

「それ、亀頭球の手前までなら、入るか？」

ディルドを自分で抜いて、手に持ったそれとトキジのそれを見比べる。

「入るわけなかろうが」

「……っ！」

びたっ！　肉が当たる音をさせて、オリエの腹の上に陰茎を乗せられた。

臍を越えていたし、想像していたよりも重かったし、なにより、自分のそれと比べて太さが段違いだった。

「なぁ、初回で結腸抜きってできんの……？」

「やろうと思えばできるだろうが、してほしいのか？」

「……任せる。その、あれだ……二人で気持ち良くなるなら、なんでもしたい」

「俺は、いい婿のとこに嫁入りしたもんだ」

トキジは己の幸せを噛みしめながらオリエを抱きしめた。

＊

すこしずつ、すこしずつ、時間をかけて挿入する。

キスして、甘噛みして、舐めて、尻尾で慰めて、気を紛らわせて、途中で会話をする。

二人とも笑えるくらいたくさん汗をかいて、どちらかが苦しければ頬を撫でて、我慢しているのが分かれば「我慢はしなくていい」と囁いて、二人の熱を馴染ませながら、ケンカっぽく言い合うのが二人の愛の交わし方だと知っていく。

それだけでも今日の成果は充分にあったが、幸いなことにオリエの体はトキジを受け入れることができた。

「薄っぺらくて、どこにいるのか分からん」

トキジが心配そうに呟く。

それは、初めてオリエとトキジが出会った時の言葉だ。大型獣人に囲まれて仕事をするオリエへの売り言葉に買い言葉だった。

でも、いまは、この薄い腹のどこにトキジの陰茎が隠れるだけの隙間があるのか、それが分からない。トキジはそんな気持ちで、オリエの腹を撫でた。よくよく撫でると、陰茎を咥えた下腹がすこし膨らんでいて、その健気さに愛しさが募った。

「お前はどこにいても頭一個以上出てるから、かさばるよな。ケツもデカいしな」

「……！」

ばちんとケツを叩かれて、トキジの尻尾がまっすぐ一本に逆立って天を向く。

だが、尻を叩いた衝撃で自分の深いところにも刺激が伝わってしまい、オリエが身悶《みもだ》えた。

「お前、ちょっと馬鹿か？」

「うっせぇ。予測してなかったんだよ……あぁもう、こういうのこそ予知夢で見とけばいいのに……」

「そしたら、お前の夢は毎日破廉恥だぞ」

「それはやだな……、俺、毎朝勃起してケツがものさみしいとか変態じゃん」

「交尾が好きなつがいで俺は嬉しい」

「俺もまあ……嫁のケツが立派で嬉しい。……ほんと、いいケツしてるわ。揉み応《ごた》えがある」

トキジの尻を揉みながら、「この体型を維持するのに、俺もお前の食生活考えないとな……」と話す。

スーリヤが来てから、おやつに甘いものやしょっぱいものを用意するにようになった。普段、間食する習慣がなかったオリエとトキジが一緒に食べる日も多い。

二人とも、これから健康に気をつけて、長生きして、よく働いて、スーリヤを育てていくという目標がある。睡眠も大事だが、食生活も大事だ。

「見合い結婚もいいもんだ」

「体の相性もいいしな」

そろりと様子を見ながらトキジが動く。

トキジがゆっくり腰を引くと、オリエが悩ましげに鼻から抜ける息を吐く。

甘い疼《うず》きに浸る官能的な吐息のくせに、快楽から逃げるように顔を背けてしまうから、トキジからは表情がよく見えない。それが惜しい。

ゆっくりと差し入れると、息を詰め、眉根を寄せてシーツを摑み、肉を割り拡げる異物

の太さや熱さ、重さを受け止めるようにオリエがトキジの背中に爪を立てる。

オリエは、軽口を叩いて笑う次の瞬間には、艶婦のようになまめかしい痴態を見せる。

オリエのあえかな姿に魅せられたトキジは、理性がすこしばかりナリを潜めた狼の眼で、己の下に組み敷いた獲物を見据え、一物を大きく太らせた。

「トキジ、……もう、イきたい……」

「ああ」

オリエの尻が浮くほど抱えあげ、太腿の上に乗せて肉を抉《えぐ》る。

オリエはなりふり構わず自分で自分を慰め、股を開き、トキジの尻に両足を回して腰を揺する。そんなことをしたらまた股関節が痛くなるだろうが、互いにそこまで気が回らない。

「さき、イっていいか……？」

「いいぞ」

「わる、い」

謝る頃には、オリエの手のなかにどろりとしたものが吐き出されている。

その姿があまりにも官能的で、トキジが構わず腰を振りたくると、腹の中を突き上げるごとにオリエの陰茎から白濁が漏れ出た。

「それ、けっちょう……？」

「精嚢《せいのう》だろ」

「……っ、へんたい……おれ、搾精されちゃってるじゃん……ちゃんと、射精できなくなったら、どうしてくれるんだよ……」

「これは、嫌いか？」

「だらだらずっと出てて、すき……」

勝手に射精させられてる感じが、好き。

自分の体なのに、自分以外の強いオスが支配している。

悪くない。

強い男が好きだし、いままで、自分の体の機能を誰かに預けたことなんてなかったから、そんなことをしている自分が好きでもある。自分の体を任せられる相手に出会えたのだと思うと、胸が詰まる。

「……またイったか？」

「な、んか……イくの、とまっ、ら……なぃ」

勝手に体が気持ち良くなる。

腸壁をなぞり、肉の隙間を埋めるように行き来する陰茎を、体と頭の両方で追いかけてしまう。意識が気持ち良いほうへ傾いて、オスを締め上げる。

狼の陰茎は、どこまでも深くオリエのなかに押し入ってくる。

荒い息遣いと背中の筋肉の強張《こわば》りから、トキジの限界が近いことが伝わってきた。

「ン、ぅぐ」

ごつんと結腸の手前にぶち当たって、オリエが呻《うめ》く。

ぐらりと体ぜんぶが揺らされて、じょろりと小便が漏れて、また甘い絶頂を迎える。

けれども、それ以上は入ってこなくて、何度も何度もそこに当てるようにトキジが腰を使い、「いずれはこの奥だ」と教えるような動きでオリエを蹂躙《じゅうりん》する。

ぎしぎしと酷い音を立てて、交尾が続く。

ぶるりと身震いして、トキジが射精を始めた。オリエの腹に種をつけながら腰を振るものだから、結合部からはひっきりなしに酷い音がする。けれども、もうどちらもそれを気にする余裕はなくて、オリエは狼の鈍器に貫かれることだけに溺《おぼ》れる。

「…………」

ベッド、壊れそう……。

こんなこと、人間用のベッドでしたら絶対に壊れる。デカくてしっかりしたベッドを買おう。そして、そのデカくてしっかりしたベッドを置ける部屋のある場所へ引っ越そう。

オリエは強く心に決めた。

【5】

数ヶ月後。

春になった。

オリエとトキジとスーリヤは、スラムを出て旧市街地で暮らしていた。

オリエの提案で、トキジとスーリヤが快適に暮らせる家に引っ越した。

庭付きの一軒家で、隣の家からは離れているし、部屋数も多いし、会社の部下たちを呼んでバーベキューもできる。古い家だから知人に頼んでリノベーションをしたり、手を入れていく必要はあるが、穏やかな時間が流れる家だ。

オリエが予知夢で見て準備していた子供服や勉強道具はスーリヤを引き取る時に必要だったんだなあ……と、引っ越し早々すべてが揃った状況を見て思った。

オリエの夢は、苦しくてつらいものだけを見るだけではなく、幸せなものも予見する。

それを知ることができて、自分がもっと好きになった。

「清掃業の副業で占い師をやってもいいかもな」

昼寝から起きたオリエは、新しい我が家を面映ゆい気持ちで見つめる。

近頃のオリエは、家のインテリアを眺めるのがお気に入りだった。朝から晩まで、仕事から帰ってきた時、ふとした瞬間、この家の壁紙も、家具も、調度品も、ラグの一枚から置物のひとつ、家具の配置まで、家族みんなのお気に入りで、家族の気配がして、具現化した幸せを見ている気持ちになった。

やっと自分の家だと思える場所を見つけた。

落ち着きが得られた。

家に帰るのが楽しみになった。

トキジは、自室や生活空間は美しい南国風リゾートにクラシックモダンを合わせた風景とインテリアがお好みだ。それがオリエの趣味とぴったり合致して、仕事中の二人からは考えられないほど、インテリアについてはケンカのケの字もなかった。

家のなかを整える、飾る、好みに設える、使い勝手を良くする。その大切さを教えてもらったし、どうやってそうするのかをトキジから学ばせてもらった。

「俺、こういう寝床が欲しかったんだよ」

ふと、オリエの口からそんな言葉が漏れ出た。

この時やっと、「ああ、俺はこういう場所が欲しかったんだ」と分かった。

オリエも、自分にぴったりの寝床、帰る場所、落ち着く先、自分の家が欲しかった。そして見つけた。得られた。

かつて夢で見た、楽しくて幸せで腹を抱えて笑うような夢の実現だ。

みんなで庭でバーベキューをして、トキジの作った弁当を広げてピクニックをして、アップルパイを焼いて、アイスを乗せて、庭にハンモック吊るして昼寝する。その夢を三人で実現した。

引っ越しを機に、トキジと正式に結婚した。

見合い結婚だからか、適度なスピード感だ。

兄姉や東雲家から大量の結婚祝いが届いたけれど、それらの置き場は、部屋にも敷地内にもまだまだ余裕がある。これから、この家をたくさんの思い出でいっぱいにしていく。楽しい記憶で溢れていく家にしていく。夢見た幸せを次から次へと実現していく場所にする。三人の胸は期待で膨らんだ。

見合い結婚から即座に子持ちでいちゃいちゃする暇もないけれど、寝室には大きなベッドが置かれ、子供部屋はスーリヤにぴったりの寝床を作り、庭には滑り台とハンモックがあって、家族三人で幸せな夢を見て昼寝をする。

それが実現した。

「オリエ！　アップルパイ焼けたよ！　今日のはだいせいこう！」

ソファでうたたねしていたオリエのもとへスーリヤが駆け寄る。

「いいにおいがする」

スーリヤを抱きしめて、くん、と鼻を鳴らすと、キッチンとスーリヤの両方から甘い匂いがした。

スーリヤを抱いてキッチンまで行くと、「庭におやつの準備がしてある。パイを持っていくからスーリヤと先に行って待っててくれ」とエプロン姿のトキジが笑う。

まさか、こいつのこんな所帯染みた姿を見ることになるなんてなぁ……。そんなことを思いながら、狼の鼻先をひとつ甘噛みしてからスーリヤと庭へ向かう。

庭に出したテーブルと椅子には、お茶とお菓子、セイボリーが支度してあった。

二人とも、新居に越してきてから、不定期ではあるが休みをしっかりとるようになった。スーリヤと過ごす時間を増やすためでもあるが、二人の時間を作るためでもある。見合い結婚も、恋愛結婚も、結婚してからが本番だ。

いままでは仕事の話ばかりだったけれど、これからは二人の将来の話もしていかなくてはならない。仕事場では仕事の話。家では家族の話。そうして分けていかないと、きっと、ケンカばかりになってしまう。

「スーリヤ、来週あたりどっか出かけるか？　日帰り旅行とかどうだ？」

「トキジがね、むだづかいだめって言ってたよ」

「旅行は無駄遣いじゃないんだ」

「でもね、こないだも行ったでしょ？」

「行ったけどさ、もう一回行ってもいいじゃん。おいしいアップルパイ食べに行こうよ」

「……も、も〜……オリエ、いっつもそう言う〜〜」

　スーリヤが困った顔をして尻尾でびたびた喜ぶ。

　春になって暖かくなり、天気がいいから、近頃はスーリヤも冬眠しなくなった。出かけるには絶好の季節だ。

「トキジと三人で、ちょっと山のほうに出かけて、夜は星を見るのもいいな」

「あのね、託児所のおともだちのね、ミホシくんとね、ヨキくんがね、丘の上に流れ星を見に行ったんだって。ヨキくんはね、おにいちゃんがおほしさまのこといっぱい知ってるんだって。オリエは知ってる？」

「普通に知ってるくらいかな。……でも、スーリヤと、トキジと三人で見に行ったら……そうだ、星を見に行く前に室内用のプラネタリウムを買おう。庭に設置するタイプでもいいな。……望遠鏡って手もある」

「お前はまた思いつきでそんな散財して……、ダメだからな、買うなよ」

　アップルパイを運んできたトキジが苦言を呈す。

「…………」

「その顔は、あとで俺には内緒で買おうという魂胆だな。届いてしまえばこちらのものだと思っているんだろう」

「……ご明察」

近頃、トキジはオリエのことが手に取るように分かるらしい。

計画的に資産を運用することが苦手なオリエに代わって、トキジが財布の紐を締めてくれるので、バランスが取れていてありがたい。

それに、そうして生活のちょっとしたことを注意したり、気を配ってくれる人がいるというのもありがたい。

自分一人だけだと、金銭で示す愛情に歯止めが利かないから……。

「確かに俺の金の使い方は荒い。でもな、トキジ……」

「なんだ？」

アップルパイを切り分けながら、トキジがちらりとオリエを見やる。

「お前も、毎日毎日アップルパイ焼いたり、クッキー焼いたり、プリン作ったり、スーリヤに甘いもの食べさせすぎだからな？」

「…………か、っ……カロリーと栄養価の計算はしている……」

「だからって、食べたいって言うがままに作ってやってたらダメだろ。託児所の帰りにワッフルとかドーナツとか食べたりしてるのも知ってるんだからな」

「たまに、……たまに、だ。それに、夕飯もきちんと食べている。……な、スーリヤ」

「たべてるよ！　トキジとはんぶんこだよ」

ワッフルも、ドーナツも、ちぎって半分ずつだよ、とスーリヤとトキジは尻尾でわちゃわちゃ焦りながら説明している。

「歯みがきもちゃんとしてるしな！」

「ん！　スーリヤの歯、ぴかぴか！」

「……トキジ」

「…………はい」

「スーリヤの食生活は、まぁ、保険医や病院の定期的な検査でもバランスよく食べてるって褒めてもらえてる。それはお前の料理が上手だからだ。かかりつけ医も血液検査の結果を褒めてた。運動も適度にできていて、おやつで補えている。でもな、トキジ、おい、三十代、お前はスーリヤと違って大人だろ。ただでさえ最近、お前んとこの部下に、うちのトキジ社長が最近一回り体がデカくなったんですけど、アレ、幸せ太りですか？　筋肉太りですか？　オリエ代表、どっちか分かります？　って訊かれたんだぞ」

「……スーリヤに合わせておやつを食べるので、その分だけ筋トレしたから一回り大きくなりました」

「本当に？　それだけか？　腹回りは締まってるけど、抱きついた時にケツと背中の肉の質が変わってるの分かってんだからな？」

「一・五キロぐらい……増えました。いやでもたった一・五だぞ⁉　一食食べただけでもそれくらい簡単に増えるぞ？」

「メシ食って増えた分は消化したら減るけど、お前のそれは減らない一・五だろうが」

「一・五の変化に気づくとは……お前、俺のことだいぶ好きだな」

「お前も、俺の体重が三百グラム減っただけで気づいただろうが」

「…………」

「……とにかく、またベッドが壊れる前にスーリヤと同じだけおやつ食うの禁止。俺も散財しないことにする。大きい物を買う時は相談するようになっただろ？」

新居に入って早々、ベッドを一台壊したところなのだ。それどころか、最近、仕事用の装備もサイズアウトしてしまったのでトキジの分だけ新調している。

オリエがあれこれ言っても、トキジはしらっとしている。

トキジが散財禁止を口にしたら、オリエが甘味の摂取量について言い返す。

割れ鍋に綴《と》じ蓋《ぶた》だ。口では言い合いながらも、楽しんでいる。

きっと、俺たちはこういうタイプのつがいになるんだろう。言いたいことを言い合える夫婦になっていくんだろう。他愛ない会話の応酬のたび、そんな気がする。

「いちゃいちゃ、終わった？」

アップルパイを頬張りながら、スーリヤが二人を交互に見やる。

スーリヤにとって、二人の会話は犬も食わない夫婦ゲンカどころか、いちゃいちゃだ。

言い合う二人がこわいんじゃなくて、二人の表情が、笑ってたり、むくれてたり、かと思えば二人して笑いだしたり、腹を抱えて大笑いしたり、ほっぺたをつねりあったりしていて、よく分からないけど、二人を見ているとスーリヤまでそわそわしちゃって、一緒に同じ表情になっていて、一緒に同じことをしたくなる。

そして、オリエとトキジは、スーリヤと一緒に怒って、笑って、むくれて、ほっぺを優しくつまんで、ほおずりしてくれる。それがうれしい。

「お待たせ、スーリヤ、今日のいちゃいちゃ一回目は終わりました」

「明日もいちゃいちゃするの？」

「そうだな、明日もするな。今日もあと七回以上するぞ」

「スーリヤ、オリエとトキジのいちゃいちゃすき。あったかいところで寝てるみたいな気持ちになるの」

二人の話は、いっつも家族のこと。

オリエはトキジとスーリヤのことを話して、トキジはスーリヤとオリエのことを話す。

スーリヤは、オリエとトキジの間に挟まれて、アップルパイを食べながら二人の話を聞いて、尻尾をびたびた踊らせる。

夢見ていたしあわせな寝床で、帰る場所で、おうちで、家族と一緒に。

「いちゃいちゃの最後はちゅーだよ」

「……トキジ」

「ああ」

スーリヤを真ん中に挟んで、オリエとトキジが立ち上がり、唇を重ねる。

結婚式の誓いのキスのように、愛を交わす。

そして、二人はいつもこう言う。

見合い結婚も悪くない、と。


そうそう、結婚ついでに、会社も結婚した。

いまは、G＆S《グリウム・シノノメ》総合クリーニングサービスカンパニーという社名になっている。会社同士の結婚、経営統合だ。おかげさまで二つの会社がひとつになったので、携われる業務の幅も増えて、清掃業界でシェアナンバーワン。火災保険とカルヴィ家から分捕《ぶんど》った金銭で新社屋も設立し、オリエとトキジは共同経営者としてケンカしながらも毎日子供の未来を守り、悪党の清掃に勤しんでいる。

あとがき

こんにちは、鳥舟です。

『つがいは寝床で愛を夢見る』をお手にとってくださりありがとうございます。

今作は、『つがいは愛の巣へ帰る』『つがいはキッチンで愛を育む』『つがいは庭先で愛を拾う』に続くシリーズ四作目となります。

四作目ともなると主役級と準主役級だけでも登場人物の数が多くなり、「ちょっとずつでも過去作のキャラを出そう！」と楽しみながら書いています。結果として、サブキャラを含め、今回はいろんなキャラがあちこちで活躍してくれました。

以下、すこし本編のネタバレ（登場人物の小ネタ）が入ります。ご留意ください。

今回、オリエとトキジとスーリヤの三人は、全員、「日の出」「太陽」「夜明け」などを語源とする単語から名付けました。黎明な感じを出そうとしましたが、わちゃわちゃしているのでお正月みたいな家族になりました。おめでたい。にぎにぎしい。

オリエ。オリエンスという本名が気に入っているのですが本編では一度もトキジが呼ばなかったような……。元来の性格が誠実すぎて依怙地になるタイプです。

トキジ。ラルーナ文庫様から発売中の『はぐれ稲荷～』のシノオの一族の子孫。好意を持った相手をじっと観察していきなり行動に出るタイプの狼で獲物のオリエが驚く。

スーリヤ。尻尾がびったんびったん動く系三歳。オリエとトキジに福を運んできたと同時に自分の福もがっつり確保した人外の神さま。尻尾がつやつや、時々脱皮する。

お礼です。担当様、今回も大変お世話になりました。ありがとうございます。いつものことながらバタバタしている作者で申し訳ありません。ご迷惑をおかけしています。

今作もサマミヤアカザ先生に表紙と挿絵を飾っていただきました。最後の家族団欒アロハ三人組のイラストが大好きです。このシーン、当初スーリヤはスウェットを指定していたのですが、「サマミヤ先生のイラストで家族三人のアロハが見たいです」とお願いして、サマミヤ先生が現在の完成版に仕上げてくださいました。本当にありがとうございます。

最後になりますが、この本を手にとり、読んでくださった方、いつもお手紙や差し入れを送ってくださる方、日々、仲良くしてくれる友人たち、本当にありがとうございます。

笑顔で手に手を取り合ってお話できる日が早くくればいいな……と願いつつ。

鳥舟あや

本作品は書き下ろしです。

ラルーナ文庫

この本を読んでのご意見・ご感想・ファンレターなどお待ちしております。〒111-0036 東京都台東区松が谷1-4-6-303 株式会社シーラボ「ラルーナ文庫編集部」気付でお送りください。

つがいは寝床《ねどこ》で愛《あい》を夢見《ゆめみ》る

2022年10月7日 第1刷発行

著　　者｜鳥舟《とりふね》 あや
装丁・DTP｜萩原 七唱
発 行 人｜曺 仁警
発 行 所｜株式会社 シーラボ
〒111-0036 東京都台東区松が谷 1-4-6-303
電話 03-5830-3474／FAX 03-5830-3574
http://lalunabunko.com
発 売 元｜株式会社 三交社（共同出版社・流通責任出版社）
〒110-0016 東京都台東区台東 4-20-9 大仙柴田ビル 2 階
電話 03-5826-4424／FAX 03-5826-4425
印刷・製本｜中央精版印刷株式会社

ISBN978-4-8155-3274-1